天下御免の信十郎8

幡大介

時代小説

二見時代小説文庫

目　次

疾風怒濤——天下御免の信十郎8

第一章　決起浪人

一

寛永《かんえい》四年（一六二七）、秋——。

秋田二十万石、佐竹《さたけ》家の領内に横手という町があった。横手の町外れ、上野台《こうづけだい》と呼ばれる一角に武家屋敷が建っていた。

一見したところ、住む者もいない廃屋のようであったのだが、なぜか知らず、その周囲には佐竹家の兵が配されて、日夜を問わず、槍を片手に、あるいは腰の刀の反《そ》りを打たせながら徘徊していた。

不気味なことにこの屋敷は、高い塀で囲まれて、自由に出入りができないようになっている。

近隣の百姓たちも恐れて近寄ろうとはしない。そこに何者が住んでいるのかを噂することもない。屋敷には目を向けずに、黙々と田畑を耕している。

佐竹家の家臣たちも、番を命じられた者以外はその場所に近寄ろうとはしなかった。それどころか同輩同士で噂話に語り合おうともしない。酒の席の話題にすら上らない。

武士も百姓も町人も、その屋敷と住人を、この世には存在しないものとして扱っていた。口の端《は》に上らせるだけでも祟《たた》りに遭うのではあるまいか、と、それほどまでに畏《おそ》れ憚《はばか》り、忌み嫌っていたのであった。

そこに住む者がかつて、大公儀（幕府）で老中を務め、徳川将軍に成り代わって日本国の政《まつりごと》を一手に切り盛りしていたとは、百姓、町人たちは知る由もなかったであろう。

佐竹家の家臣たちも、大身《たいしん》の者は別として、足軽や雑兵《ぞうひょう》たちなどは何も知らされていなかった。

本多正純《ほんだまさずみ》、この年六十二歳。かつては宇都宮藩十二万石を領した大名で、陸奥《むつ》、出羽《でわ》両国を抑えると同時に、徳川家康の霊廟、日光東照社創建の指揮を執る重職を担っていた。

それほどの男が今では配流《はいる》の身、囚《とら》われ人である。窓を打ちつけられた屋敷に幽閉され、外部の者と連絡をつけられないようにされている。

手入れされていない庭には夏草が伸び放題だ。蔓草が屋敷の軒下に絡みつき、屋根の上にまで這おうとしている。

草むらの中に伸びている小道は、番兵たちが見廻りをする際に踏み分けた痕である。そこだけがどうにか、人の通れる道筋になっている。

もはや化け物屋敷と称してもおかしくないような荒廃ぶりであった。

雨戸を閉ざされた屋敷の中は昼間であっても薄暗い。通気のために開けられた欄間越しに光が感じられるだけだ。

欄間は軒のすぐ下に開いている。開けたままでも雨など吹き込んでこないようにという配慮なのだが、そのために直射日光は差してこない。庭に射した陽光が軒下に照り返される。その光がさらに反射して、閉ざされた座敷を仄《ほの》かに照らすのだ。

正純は座敷の真ん中に座り、目を閉じていた。

ちなみにこの時代はまだ、正座というものは存在しない。胡座《あぐら》をかくか、片膝を立てて座るのが普通であって、それはけっして不作法でも、行儀の悪い姿でもなかった。

正座は千利休《せんのりきゅう》が茶道の作法として勝手に使いはじめたものであって、千利休本人もそれが礼儀正しい座り方だなどとは思っていなかった。ただ単に、利休の茶室が狭かったから、客に足を畳んでもらって座らせる以外になかっただけの話である。

この拷問に近い座り方を強いて広めさせたのは、三代将軍の家光《いえみつ》であった。家光は江戸城本丸御殿に登城してきた大名たちを正座させて苦しめて、内心喜々としていたのである。家光にはそういう嗜虐的な性癖があった。

徳川家が天下を取るために尽力奔走し、また、初期の幕政に多大な貢献をした本多正純に対し、虜囚の辱めを強いて恥じない徳川家のやり口には、まさにそういう、徳川家の嗜虐癖の臭いが感じられる。少なくとも正純は、そのように理解していた。

「しかし……」

と、正純は呟いた。

「為政者たるもの、治世のためには冷酷に振る舞わねばならぬこともある……」

甘い顔などしていては国が乱れる。

正純は誰もいない屋敷の座敷に一人で座って、一人で呟きつづけている。鬼気せまる姿だ。

孤独な人間は独り言が多くなるという。さらに孤独の度が増すと、いよいよ正気を失ってくる。薄暗い座敷に端座して呟きつづける正純には、生きながら魔界に堕《お》ちたとでもいうような不気味な影が張りついていた。

「足利殿《あしかが》の先例もあるからな」

足利幕府を開いた尊氏《たかうじ》は、とにかく人の好い男で、政敵は許しまくり、あるいはとどめを刺そうとはせず、大身の家臣や弟は厚遇して幕府の実権を握らせた。

「その結果、どうなったか」

仇敵であった南朝勢力といつまでも戦いつづけなければならなくなり、つづいて家臣や弟とも戦わなければならないことになってしまった。

「権力は、一つにまとまっていなければならない」

絶対権力者が一手に握っていなければならない。さもなくば、分裂した権力同士で殺し合いをせねばならなくなる。

「それが戦国の世よ」

二百年近くもつづいた日本国の内乱はつまるところ、足利尊氏の優しさが原因だったと言えるのだ。

「秀忠《ひでただ》め。家光め。治世の勘所を、いつの間にか身につけておる、ということか」

頼りない二代目、世間知らずで阿呆丸出しの三代目と、内心見下していた相手であったのだが、いつの間にか立派な天下人へと成長していたようでもある。

「だからと言って、このわしに対する仕打ちが許せるわけでもないのだがな」

正純はそう言って笑った。

正純の目が突如として見開かれた。炯々《けいけい》と光る眼差しが畳の一転を睨みつけた。

「して、事の次第はどうなっておる」

何者の姿も見えない畳に向かって問い質《ただ》した。

すると、なんとしたことか、

「……蒲生《がもう》の遺臣ども、浪人や人足に身をやつし、江戸の近郊に向かいましてございまする」

何者かの声が床下から響いてきたではないか。

どうやら、この屋敷の床下には正純配下の忍びが潜んでいたらしい。先ほどからの独り言も、実はこの忍びに、言い聞かせていたものであるらしかった。

正純は重々しげに頷き返した。

「蒲生の遺臣どもめ。ついに堪忍袋の緒を切ったか。フフフ。面白ぅなってきたわ」

蒲生家は陸奥国、会津若松を居城とし、六十万石もの大封を領していた大大名であった。

しかし、この年の正月、当主の下野守忠郷《しもつけのかみただざと》が若くして急逝し（享年二十六）、継嗣となる実子もなく、養子も定めていなかったことから廃絶となった。

跡継ぎのない大名家は潰す、というのが、徳川幕府が武家諸法度で定めた決まりであった。『世継ぎを定めていないのは、家を残す意志がなかったからだ』という理屈なのだが、あまりにも乱暴であると言えなくもない。要するに、どんな難癖《なんくせ》でも構わないから、徳川家の脅威となりそうな大名家は潰してしまえ、という政策であったのだろう。

正純は薄闇の中、半ば瞑目しながら思案しつづけた。

「今、江戸には全国から大名どもが集められておる。大名どもめ、徳川への忠節を見せつけようと、江戸に豪勢な屋敷を建てておると聞く」

「御意にございまする。大名様方、それぞれの分限に相応《ふさわ》しき結構な屋敷をお構えになり、上様や大御所様、北ノ丸様を招いての宴を競っておりまする」

上様とは三代将軍の家光、大御所とは家光の父にして二代将軍の秀忠。北ノ丸様とは家光の弟で、駿河国を領する大納言忠長《ただなが》のことである。

家光にはまだ子がいない。男子もいなければ姫もいなかった。必然的に弟の忠長が将軍家の跡取りだと目《もく》されていたのだ。

正純は瞑目して考え込んだ。

「それほどまでに大名が集まっておるのだ。仕官を求めて浪人どもも集まってまいろうな」

「仰せのとおりにございまする。また、江戸には働き口もございますれば、浪人衆も衣食に困ることはございませぬので」

「造っておるのは大名屋敷ばかりではない。町人地や湊《みなと》、大道も造らねばなるまい」

「仰せのとおりにございます。ほかにも芝の増上寺《ぞうじょうじ》、上野の寛永寺《かんえいじ》の造営も盛ん」

「浪人が江戸に流れ込むことを遮ることができる者などおらぬ」

「いかにも」

「蒲生の遺臣どもを焚《た》きつけよ。秀忠、家光の心胆を寒からしめてくれるのだ」

床下に蟠《わだかま》っていた気配が消えて、正純はまた、黙想に戻った。

二

冷たい風が北から吹きつけてきた。広漠たる武蔵野の原野には背の高い夏草が生い茂っている。時ならぬ風に吹かれて辺り一面で、ザワザワと不吉な音をたてていた。

夜である。月は出ていない。

江戸の市中や、大坂などの大きな町には時ノ鐘という物が置かれていて、定刻ごとに打ち鳴らされて時を報せる。しかし、この原野にはそのような気の利いた物はない。

「月も出ておらぬのでは、時刻も知れぬな」

信十郎《しんじゅうろう》はそう呟いて、視線を空から地べたに戻した。

相変わらず風が強い。風の音もさることながら、草むらがうねる騒々しさも凄まじかった。まるで潮騒《しおさい》のようでもある。

武蔵野の原野には大小の河川が縦横に走っている。目下《もっか》のところ徳川家は、武蔵野を開墾して農地を広げようとしている最中だ。坂東の平野はそのほとんどが徳川宗家の直轄領なのだが、大半は無益な湿地帯だ。米は湿地に生える植物だが、熱帯地方が原産なので冷たい水にさらされていては育成しない。湿地を田圃に区切って陽光で水を温めてやらねばならない。

そしてその田圃を洪水から守ってやる必要もある。ちょっと大雨が降るたびに、育った稲ごと押し流されたのでは農業にならない。

川は川、田圃は田圃として分けてやらねばならないのだが、武蔵野の原野はこの当時、ほとんど一面が湖沼であって、雨が降れば至る所に水が湧く土地柄であった。

この厄介な原野を、苦労して改良しようとしているのが、関東郡代の伊奈《いな》家であった。関東の総代官のような役職である。伊奈家はこの難題を、人海戦術で乗り越えようとしていた。天下分け目の関ヶ原合戦と大坂の大戦で、多くの大名家が取り潰された。そして多くの武士や雑兵が浪人となった。

彼らの仕事先として、農地の開墾はうってつけだったのだ。切り拓かれた土地を与えれば、浪人は農民となり、今度は年貢を収めてくれる存在となる。かつての徳川の敵が、徳川の領民となって徳川を支えてくれるのだ。

むろん、武士には矜持《きょうじ》というものがある。浪人とて、かつての仇敵に百姓として仕えるのは業腹《ごうはら》であるはずだ。それは重々承知していたけれども伊奈家は、あえて危険を度外視して、浪人を雇い入れる道を選んだのである。

騒《ざわ》めく原野の彼方から、不穏な騒擾《そうじょう》の気配が伝わってきた。ほんの微かな物音だが、風に乗って信十郎の耳にまで届いた。

その騒擾は、遠くなり、あるいは近くなりを繰り返している。原野の中に何者かが、大勢集まっているようであった。

（およそ、二千か）

信十郎はそう読み取った。信十郎は徳川家の上洛に二度も従って旅をした。上洛の街道筋では、各地の大小名たちがそれぞれに集まって野営していた。その際にたてる物音を耳にしていたので、物音からおおよその人数を推察することができるようになっていたのだ。

いずれにせよ、徳川の本城たる江戸の近郊に、二千もの人数が謂《い》われもなく集まっている。言うまでもなく不穏な事態だ。

それから、葦原の中の集団を取り巻くようにして、別の気配が、やはり群れを成して移動していた。葦原の集団も、別の集団も、松明《たいまつ》や提灯を掲げることもなく、一切の声をあげることもない。気配を殺しながら粛々と移動しつづけるのだ。

原野とはいえ昔ながらの農地もあり、村落には人が住み暮らしている。しかし、それらの村落の人々には、この暗闘を感じ取ることはできなかった。両者はそれほど忍びやかに、互いの距離を狭めていったのだ。

葦の群生がかき分けられて、鬼蜘蛛《おにぐも》が飛び出してきた。

「ここにおったんか。探したで」

湿地の中を走り回ってきたのであろう。忍び装束の下半身が泥だらけになっていた。

鬼蜘蛛は唇を尖らせて、早口に言った。

「ヤツめら、どうやら本気を出して来たようやで。先祖伝来の錆槍《さびやり》なんかを担ぎだしよって、気勢を上げていよる」

信十郎は眉根をすこし歪めて、首を捻《ひね》った。

「伊奈殿が軍兵を動かしたことは、向こうも知っているはずだろう。それでもやるというのか」

「あっちにも戦国大名の遺臣だっていう誇りがあるのやろ。動きだしてしまったモンは、もう、引っ込みがつかんわ」

「蒲生殿の遺臣であったな」

「そうや。会津若松六十万石の浪人どもや。二千人に減ったとはゆうても、戦国往来の猪武者ばかりが残っとる。これはちっとばかり、荷が重いんちゃうか」

「鳶澤《とびさわ》の元締は、どれくらい手勢を揃えたのであろうな」

「風魔《ふうま》の乱破《らっぱ》か」

周囲を声もなく走る足音が、ますます大きく聞こえてきた。関東郡代配下の隠し目付、風魔党の進軍する音だ。

風魔党は元々、戦国大名の北条《ほうじょう》家に仕えた忍びの集団であった。関東では忍びは乱破と呼ばれている。

風魔党は北条家の滅亡後、紆余曲折あって徳川家に仕えることになった。元は関東の乱破であるから関東の地の利に明るい。諸大名家への潜入や情報収集よりも、関東の徳川領を守り、潜入しようとする忍びや浪人者を狩りたてることに専念していた。

「しかし……、これは大きな戦いになる」

信十郎は苦渋に満ちた表情で吐き出した。

「いかに浪人と忍びの戦いとはいえ、隠し果《おお》せることなどできはせぬぞ」

「かまわんやろ」

鬼蜘蛛はしれっとした顔で言い放つと、腰から下げた飛びクナイの手入れなど始めた。

「久しぶりの大喧嘩や。腕が鳴るで」

「軽々に言うな。徳川殿の領地で、浪人が徒党を組んで大暴れした、などという話が諸国に伝われば、日本国じゅうが動揺する。よからぬ事を企む大名が出てこぬとも限らぬ」

鬼蜘蛛は不思議そうな顔をして信十郎を見つめ返した。

「それこそ願ったり叶ったりやないかい。にっくき徳川の慌てふためく様が見てみたいもんや」

鬼蜘蛛は徳川家を憎んでいる。大和《やまと》の忍びとして生を受けた鬼蜘蛛は、元々は豊臣《とよとみ》家に仕えていたからだ。叶うならば徳川の天下をひっくり返してやりたい、とまで思っていた。

それは何も、鬼蜘蛛一人の私怨というわけでもなかった。忍びのような職業の者は、天下太平では仕事にありつけない。徳川の天下が定まるにつれて、ますます息苦しくなってきたと、忍びの者なら誰であれ感じているはずなのだ。

信十郎は、何を言っても本意は伝わらないと理解していたので、抗弁もしなかった。それに今は、この騒ぎをいかにして収めるべきなのかを思案する時なのである。

「一揆を策しているのは誰だろう」

「さぁて？　大方、蒲生の家来の中の大身《たいしん》であろうよ」

「どこにおる」

その者一人を暗殺することができれば、頭を失った浪人衆は統制を失う。統制の取れない集団は乱戦に弱い。風魔党がちょっとばかり翻弄《ほんろう》してやれば、たちまち壊乱するだろう。

（そうなれば、死人も怪我人も少なくてすむ……）

説得して兵を引かせることができないのであれば、可能な限り損害を少なくして事を収めるべきである。と、信十郎は考えた。

「さぁてなぁ。鳶澤の元締なら、調べをつけておるのかもしれんけどなァ。……って、信十郎、まさか、敵の真ん中を突っ切って、敵の首領を討ち取りに行く、なんて言い出すんやないやろな？」

信十郎は無言で頷いた。鬼蜘蛛は呆れ果てた顔をした。

「無茶もたいがいにしぃや。お互いもう若くはないんやで」

「ならばこそ、若い者たちが安心して生きて行ける世を、残してやらねばならぬ」

「まったく、ああ言えばこう言う、こう言えばああ言う、どうにもならんわ」

鬼蜘蛛はボソボソと毒づいてから、答えた。

「どっちゃにしてもや、わしは敵の首領の居場所なんか知らんで。これは徳川の喧嘩や。余計な手出しはせんと、関東郡代と風魔に任せといたらええのんや」

などと遣り取りしていたそのとき。

鬼蜘蛛と信十郎は、バッとその場から飛び退いた。鬼蜘蛛は飛びクナイを逆手に握り、信十郎は腰の金剛盛高《こんごうもりたか》に手を伸ばしている。

「フフフフ……」と、地の底から湧いてきたかのような笑い声が響いた。

「相変わらず油断のならぬ連中だ」

闇の中にポツリと火が灯った。と思った瞬間、その火が二人の足元へと飛んできた。

並の者なら火に気を取られて、足元に目を向けてしまうであろう。しかし信十郎も鬼蜘蛛も、背の高い葦の原のほうに顔と視線を向けていた。

「なんだ、面白くない」

ブツブツと言いながら葦をかき分けて、一人の忍びが這い出してきた。この忍びの目論見《もくろみ》では、二人が火に気を取られているうちにこっそりと、背後を取ろうという算段であったのに違いない。

柿色の忍び装束を着け、顔は覆面で下半分を隠している。両目と鼻筋だけを露出させ、覆った口元から不気味な声を響かせていた。

信十郎は、突然出現した忍びを見て、顔を露骨にしかめさせた。

「また、お前か」

そう言ってから首を傾げた。

「生きておったのか」

忍びの者も苦々しげに顔を歪めさせた。覆面から出した目元の半分が酷い火傷で爛れている。

「おう。生きておったわ。貴様に斬られた背中の傷は、あとすこしで命に関わるところであったのだぞ」

「そのつもりで斬りつけたのだ。よくぞかわしたものだな」

信十郎は高貴な顔だちの威丈夫だ。のうのうと言い放つ姿は厭味に見えないこともない。忍びは屈辱を嚙みしめてますます顔をしかめて言った。

「貴様、最近なにやら人が悪くなってきたのではないのか」

鬼蜘蛛が二人の遣り取りを不思議そうに見守っている。

「なんや。知り合いか」

信十郎に訊ねた。

信十郎は「知り合いといえば、知り合いだ」と呟いてからつづけた。

「この者は火鬼《かき》。去年、東海道の三島宿で、駿河大納言忠長卿を殺そうと謀った忍びだ」

「あっ」鬼蜘蛛が叫んだ。

「あのときの曲者か！　おのれ、よくも！」

クナイを構えて飛び掛かろうとしたところを、慌てて信十郎が止めた。

「まぁ待て。今夜は害意はないようだ」

忍び刀や隠し武器には手を伸ばそうともせず、脱力しきった姿で立っている。

しかし鬼蜘蛛は唇を尖らせた。

「何言うとんねん！　忍びの姿に惑わされてはあかん！　油断を誘う策に違いないで！」

尚も迫ろうとする鬼蜘蛛を、今度は火鬼が素手の手のひらを広げて押しとどめようとした。

「この大将の言うとおりだ。今夜のわしは、うぬらの敵ではない」

「何を言うとる！　ほんなら、何しに出てきたんや」

「わしが誰に仕えておるのかを考えろ。わしは天海《てんかい》の手下ぞ。関八州《かんはっしゅう》の騒擾は、天海の最も嫌うところだ」

寛永寺の貫主にして、日光東照社の建立を進める天海は、徳川家と家光を安寧ならしめるために骨身を削っている。忠長を暗殺しようと謀ったのも、家光を思えばこそであった。

「天海も、徳川の領地に胡乱《うろん》な者どもが入り込むことは好まぬ。まして此度《こたび》のような策謀を巡らされたのではかなわぬからな」

そう言ってから意地が悪そうに目を細めて、信十郎を見た。

「しかしじゃ。天海が最も恐れておるのは、そなたなのだぞ。理由は、言わずともわかっておろう」

信十郎は答えない。火鬼は得々と語りつづける。

「徳川にとっては、蒲生の浪人どもなどより、そなたのほうが剣呑《けんのん》だ。そう思って天海は、わしにそなたの見張り役を命じたのだ」

「天海殿は、何をそんなに恐れておられる」

「左様、差し当たっては、そなたが蒲生の浪人どもに身分を明かし、蒲生の浪人どもの上に立つことを案じておる」

信十郎は口中の汚物でも吐き出しそうな顔をした。それを見て火鬼は嫌らしく笑った。

「あながち取り越し苦労とも申せぬであろう？　蒲生家は豊臣恩顧の大名家だ。元は近江の地侍。それを会津六十万石の大大名に取り立てたのは故太閤殿下ぞ。お主が、我こそは故太閤が遺児なり。我とともに徳川を覆滅せん、と号令すれば、喜び勇んで従うに相違あるまいに」

「馬鹿を申せ！　せっかく鎮まった偃武《えんぶ》の世を、ふたたび戦国の世に戻すつもりか！　俺はそのような策謀には乗らぬぞ！」

信十郎は腰の刀に手をかけた。本気の殺気を火鬼に向かって放った。

火鬼は慌てて飛び退いた。

「左様か。愚かな御曹司だ。一度立てば、天下の主になることとて、そう難しくはないと申すに」

「くどい！　そのつもりはない」

「ならばよかろう。何度も言うが、今のわしはそちらの敵ではない。刀から手を離してくれ。おちおちと喋ってもおられぬ」

信十郎は刀の柄から手を離して、殺気を解いた。火鬼は息を大きく吐いて頷いた。

「何度も申すが、今のわしは——わしと天海は敵ではない。どうやらそなたと同じことを目論んでおるようだからな」

「そのようだ。いかにしてこの一揆を穏便に鎮めるか。我らの思いは一つ」

「ならば、ついてくるがいい」

火鬼が葦の原に分け入ろうとした。信十郎はその背中に訊ねた。

「どこへ連れて行こうというのだ」

火鬼は肩ごしに振り返った。覆面の下でニヤリと笑ったらしい。

「一揆の軍配を取る蒲生の遺臣の首領の許へ行く。先ほど自分で申しておったではないか。首領を倒せば一揆は崩れる」

「うむ」

「お主を連れて行ってやる。好きに始末をつけるがよい」

信十郎は「うむ」と頷いて火鬼のあとを追おうとした。その袖を鬼蜘蛛に引かれた。

「行ってはアカン。罠に違いないで」

鬼蜘蛛の言い分はもっともだ、と信十郎も思った。だが、この騒擾を片づけるためには、あえて危険に身を投じねばならぬのだと感じた。

尚も進もうとすると、またも鬼蜘蛛に止められた。

「待ちぃや。これは徳川と、徳川のせいで潰された蒲生家の喧嘩やで。『戦国の世に戻るのは嫌や』という気持ちはわからんでもないけどな、だからと言って信十郎が危ない橋を渡る謂われはないやろ」

いかにもそのとおりである。それは信十郎も理解はしている。

「行くぞ」

もの言いたげだった鬼蜘蛛の表情が呆れ顔へと変わった。信十郎は気づかぬ素振りで火鬼のあとを追いはじめた。

三

夏草をかき分け、道とも言えない道を進んでいく。視界は完全に塞がれている。火鬼がどこへ向かっているのかもわからなかった。

火鬼は、昨年、信十郎に斬りつけられた傷がまだ癒えていないのか、やや片足を引きずるようにして、背中をピョコン、ピョコンと跳ねさせながら走った。

それでも常人の走る速さよりは遙かに速い。足音もほとんどたてていない。さすがに鍛えられた忍びである。

自分の身体を不自由にした信十郎を背後に従えて、黙々と進む。忍びの者は心は持たない、などと言い習わされているが、それでもやはり人間だ。思うところはあるだろうと、信十郎も思う。

もし、火鬼に害意があって、信十郎を死地に導こうとしているのだとしたら、それはいかにも容易なはずだ。鉄砲隊を用意して、その待ち構える只中に引きずり込めばよいのである。

どこをどれぐらい進んだのか判別しがたくなった頃、南の彼方からなにやら、喧騒の物音が聞こえてきた。

「始まったな」

　火鬼が言った。

「風魔党と蒲生浪人の先陣がぶつかったのだ」

　闇の中、足元もおぼつかぬ湿地帯で、背の高い葦を隔てて二つの軍勢が接触したのだ。忍びの風魔党のほうが有利とは思えるが、

（いや、わからぬぞ）

　信十郎は考えなおした。太平の世は、忍びの世界にも及んでいる。戦国の生き死にの中で鍛えられた者たちは老いさらばえ、次の世代の若者たちが跡を継いでいる。当然、技も心がけも大きく劣っている。信十郎は伊賀者たちとともに暮らして、その事実を理解していた。

（一方、浪人衆は初めから、己の命を捨ててかかっている……）

　容易ならぬ戦いとなりそうであった。

　信十郎は火鬼の背中に向かって言った。

「明日の日の出までには、片をつけなければならぬぞ」

　闘争が朝までつづくようだと、この戦いの様相が人の目に触れ、やがては世間に知

れ渡ってしまう。徳川家としては避けねばならぬ事態だ。

「わかっておる」

火鬼はぶっきらぼうに答えて、足を止めた。

信十郎と鬼蜘蛛も葦の根元に身を伏せた。その格好で耳を澄ませた。

どこからか馬の蹄《ひづめ》の音が聞こえてくる。火鬼は肩ごしに振り返って、指で何かを指し示した。

どうやらその騎馬は、戦陣の様相を報せるために馳せ参じてきた使番《つかいばん》のようであった。つまりはこの近くに主将が陣を布いている、ということだ。

信十郎と鬼蜘蛛は、足音を潜めながら使番のあとを追った。火鬼は道を空けて信十郎たちを通した。あとはお前たちだけでやれ、という意味であるらしい。

葦原の先に農民の家が建っていた。裏手の小屋では水車が音をたてている。一見、牧歌的な光景であったが、周囲を圧する殺気によって包まれていた。

騎馬に跨がった男が農家の庭先に飛び込む。と同時に小者が走り寄って、馬の轡《くつわ》を取った。男は馬から飛び下りると、農家の縁側のほうに走っていった。

(どうやら、その縁側に蒲生勢の主将がいるようだ)

信十郎はそう睨んで、背後の鬼蜘蛛に指で合図を送った。忍びの者は指の曲げ伸ばしや手の振り方を符丁《ふちょう》に使って会話をすることができる。

すると鬼蜘蛛が手を振り返してきた。

（……陣構えが厳しいか）

農家を中心にして徒士《かち》武者や雑兵たちが厳しく取り囲んでいるらしい。

（二千もの軍兵の本陣なのだから当然だな）

さすがは蒲生家の遺臣というべきか。戦支度そのものの様相で攻め寄せてきたらしい。

しかし困ったぞ、と信十郎は思案した。信十郎も鬼蜘蛛も、一角《ひとかど》以上の忍びではあるのだが、緊迫しきった敵陣に忍び込むのは容易ではない。忍びの技は敵の油断を突いてこそ有効なのであって、気を張りつめた相手には通用しない。蒲生の軍兵は、合戦の火蓋が切られた今、まさに緊張感の頂点にいる。生き死にがかかっているのだ。眠り薬など飲ませたところで（飲ませることができればの話だが）易々と眠りに就くものでもない。

信十郎は暫《しば》し考え込んだあと、鬼蜘蛛に手指で合図を送った。鬼蜘蛛は無言で頷くと、身を翻していずこかへ去った。

信十郎は敵兵に気づかれぬように後退すると、火鬼に顔を寄せた。

「天海殿がこの一件を、穏便に鎮めたいと思っておる、というのはほんとうだな？

お主もそのために馳走《ちそう》するつもりはあろうか」

「むろんじゃが。……なんだ、わしの手を借りたいとでも言うのか」

「そうだ。手を貸してほしい」

火鬼は焼け爛れた面相を引きつらせて笑った。

「ほかならぬ故太閤殿下の御曹司様のご下命じゃ。天海なんぞが何を言おうと構わぬ。

いくらでもご下命に従うが」

信十郎は苦々しげな顔をしつつも、火鬼の軽口は黙殺し、己の腹案を告げた。

火鬼は大きく頷いた。

「わかった。お安い御用だ」

火鬼は身を翻して葦原の中に分け入っていこうとし、何を思ったのかちょっとだけ振り返って信十郎に笑顔を向けた。そして今度はあとを振り返らずに遠ざかっていった。

信十郎は、元の茂みへと戻った。本陣となっている農家の庭先に油断なく視線を向けた。

ややあって、先ほどの使番が戻ってきた。雑兵が馬を引いてやってくる。使番は手綱を受け取って鐙《あぶみ》に足を掛け、ヒラリと鞍に跨がった。

馬腹を蹴って走りだす。信十郎が潜んだ葦原の、五間ほど先の畷道《あぜみち》を、馬は走り去っていった。

そのわずかあと、百姓屋から三町ほど離れた草むらに、突然、明るい火が灯った。月のない暗夜に灯った炎である。びっくりするほどに明るく感じられた。

本陣にいる者たちも異変に気づいた。騒《ざわ》めきたちながら鎧武者や雑兵たちが出てきた。

彼らの遠望する先で炎はさらに大きく膨れ上がり、そして今度は二つに割れた。

「なんだ、敵襲か。敵兵の掲げる松明か」

足軽の組頭《くみがしら》が下知《げじ》して、隊列を戦闘時のものに組み直す。徒士武者も足軽たちも、なにゆえか皆、揃って老齢の者たちだった。しかしこの時代に限っては、溌剌《はつらつ》とした若者より、戦の記憶を持つ老人のほうが恐ろしく、手強い。

老兵たちの目の前で、炎は三つになったり、また一つに収束したり、あるいは突然、別の場所で燃えあがったりした。軍兵の松明であるならば、喊声や、鎧の擦れる金属音も聞こえてくるはずだ。しかしその炎はまったくの無音であった。老兵は「自分たちの目が衰えてしまったのか」と、目を瞬いたり、擦ったりしながら、炎の動きを見守った。

そこへ、騎馬武者が駆け戻ってきた。

「ご注進！　ご注進！」

使番は伝令であると同時に物見《ものみ》（偵察）も兼ねている。怪しい炎に気づいて、近々と寄って確かめて来たものと、その場の全員が思い込んだ。

本陣に報告に向かう使番は、速やかに通過させなければならない。足軽や徒士武者たちは急いで退いて道を空けた。

隊列の真ん中を使番が泥水を蹴立てて走り抜けていく。足軽たちは泥水を浴びせられながら見送った。

使番は農家の庭に駆け込んだ。轡取りの下男が駆け寄ってくる。

「ええい、構うなッ」

使番はそうとう苛立ち、焦っている。鐙で蹴るようにして下男を振り払うと、騎乗のまま農家の奥へと進んだ。

「一大事！　一大事にございまする！」

大声で吠える。すると、農家の座敷にいた鎧武者が縁側に飛び出してきた。

「いかがした！」

老いた鎧武者が、その息子や孫らしき者たちを左右に従えている。座敷には明かりも灯されて、急ごしらえとはいえ、本陣らしい威容を整えていた。

使番は馬を縁側へと寄せた。馬を下りて報告してくるのかと思いきや、右手に持った槍を握り直した。

「あッ」

夜目の利く若武者が異常に気づいた。

「馬腹に曲者が！」

一人の男が馬体の真横にピッタリと張りついていたのだ。両腕で鞍と胸懸《むながい》（軍馬の胸飾り）を摑み、両足で馬の臀部を挟み込んでいる。月のない暗夜では、馬と一体化してしまい、ほとんど見極めがつかないほどであった。

その男が馬から下りた。若武者の目には馬の身体の一部がベロリと剝がれたかのようにも見えた。

男が声もなく突進してきた。ダダダダンッと、凄まじい勢いで踏み込んできて、いきなり腰の刀を抜いた。

鞘から放たれた鋼色の刀身が鈍く光った。光の軌跡が弧を描いて老将の首筋を真横から跳ねた。

「ブババババハーッ！」

老将は異様な声をあげた。それは声でも言葉でもなかった。肺腑の空気が切断された気管から噴き出してきたのだ。血潮と混じって泡を立て、不気味な破裂音を響かせたのだった。

老将の首は半分千切れて、斜めに傾いでいる。血潮を噴出させながら真後ろに倒れた。

「父上ッ」

「殿！」

「お祖父様ッ！」

その場の者たちが口々に叫んだ。

馬上の使番が手にした槍を逆手に握って投げつけた。今度は老将の息子らしい武者が、鎧越しに胸を突かれた。

「ぐわっ！」

中年の武者は、自分の胸に刺さった槍を片手で握り、もう一方の手で腰の刀を抜こうとした。だが、刀と槍を握ったまま力尽き、ガクリと膝から崩れ落ちた。

「お、おのれッ、敵だったのかッ」

本陣に侍《はべ》っていたのは、この一家の郎党たちだろう。主人親子を暗殺され、ようやく事態を呑み込んだ様子で、槍や刀を持ち詰め寄ってきた。

襲撃して来た男は、常寸をはるかに超える長刀を縦横無尽に振り回した。鎧などつけていないが、蒲生浪人たちは刀で斬りつけることも、槍を突きつけることもできないのだから、鎧など着てなくても問題はない。長刀を車輪に振り回し、突きつけられた穂先や刀身を打ち払い、相手の懐に飛び込んで、刀の切っ先を突き出してきた。

蒲生浪人たちは鎧をつけていたが、まったくなんの役にも立たなかった。鎧の隙間から首筋や脇を刺されて倒されていったのだ。

蒲生家の武士たちは戦国の世に勇名を馳せた荒武者たちが揃っている。男を取り囲んで連携し、隙を見て攻撃しようとするのだが、すると今度は馬上にあった使番が、飛びクナイを投げつけてきて牽制するのだ。

男に斬りかかろうとすればクナイに腕や首筋を狙われ、クナイを打ち払おうとすれば、男に斬りつけられてしまう。かくして本陣にいた十名ほどは、あっと言う間に打ち倒され、全員がのたうちまわる破目になってしまった。

信十郎は刀を振り下ろして、刀身についた血を振り払った。つづいて懐紙で血脂を拭って鞘に納めた。

　馬上の鬼蜘蛛も鎧を脱ぎ捨てている。

「こんな重いモン着とったら、逃げるのに邪魔や」

　その鎧についている血は、元の持ち主の使番の血であろう。鬼蜘蛛は本陣から戻る使番に躍りかかって密殺し、馬と鎧兜を奪い取ったのである。そして信十郎を拾い上げ、報告に来たような顔つきで蒲生勢の本陣に乗り込んだのだ。

　身軽になった鬼蜘蛛は、顔をクシャクシャにして言った。

「逃げるときのほうが面倒やで」

　信十郎は本陣に繋いであった馬の手綱を取った。

「なぁに、なんとかなる」

　と、言いかけたそのとき、物陰から若武者が、刀の切っ先を突きつけながら飛び出してきた。

（あの老将の身内だ）

　信十郎は咄嗟に理解した。自分が百姓屋に突入したとき、たしかに座敷に、この若者がいた。

　若武者は信十郎めがけて突っ込んでくる。足の運びも覚束《おぼつか》ない。腰が上下に揺れている。それにつれて刀の先も頼りなく揺れていた。

信十郎は咄嗟に刀を抜いた。突きつけられた切っ先を打ち払い、二の太刀で斬り下ろした。

「あああっ」

若武者が哀切な悲鳴をあげた。まだ声変わり前の、甲高い悲鳴であった。

若武者の身体が転がる。眉間を割られて即死であった。

信十郎は刀を納めると馬に跨がった。馬の足元に転がった若武者の死体を見おろす。

信十郎の襲撃に怯え、この馬の陰に逃げ込んだのに違いない。信十郎は馬腹を蹴って、馬を前に歩ませた。

鬼蜘蛛が馬を寄せてきた。

「なんや、信十郎らしくもない。見逃してやるんかと思ったのに」

信十郎は沈鬱な顔つきで首を横に振った。

「しかし、平家《へいけ》の先例もある……」

平家の清盛《きよもり》は、まだ少年だった頼朝《よりとも》や義経《よしつね》を「子供だから」と言って助命した。その結果、大人に成長した頼朝と義経によって、平家は滅亡させられた。

（祖父と父を目の前で殺されたこの若武者は、けっして我らを許すまい……）

徳川の兵に奇襲されたのだと思い込んでいたはずで、憎しみは徳川の体制に向けられたはずだ。

「こうまでせねば守れぬほどに、偃武とは儚《はかな》いものなのか……」

「なんのこっちゃ」

鬼蜘蛛は明るい顔を前に向けた。

「さぁ、走り抜けるで。蒲生の浪人どもめが、本陣の異変に気づいて駆けつけてくる頃合いや」

言っているそばから凄まじい喊声が響いてきた。足軽たちが槍先を揃えて突進してきた。

「鬼蜘蛛、目をつぶれ！」

信十郎は瞼をきつく閉じて、さらに顔を袖で覆った。その瞬間、凄まじい炎が足軽たちの真ん前で噴き上がった。

「今だ！　駆けろ！」

信十郎は勢いよく馬腹を蹴って馬を走らせた。目の前で足軽たちが隊列を崩している。月もない暗夜で瞳孔を開ききっていたところへ、凄まじい炎を見せつけられたのだ。完全に目を眩ませていたのである。

軍馬として調教された馬は、人体を蹴ったり踏んだりすることを厭《いと》わない。信十郎を乗せた馬は足軽数人を蹴散らして、包囲陣を無理やりに突破した。

「お前たちの主将は討ち取った！　戦は終わりだ！　国許に戻れ！」

徒士武者にも、雑兵にも聞こえるように叫んだ。

信十郎は馬を走らせつづける。鬼蜘蛛があとについてくる。

「どこまで逃げればいいのんや」

鬼蜘蛛が背後で叫んでいる。忍びとして育てられた鬼蜘蛛は馬の扱いが苦手だ。

信十郎も考えた。蒲生の本陣から馬で走り出てきたのである。徳川の軍兵に誤解され、鉄砲を撃ち駆けられたりしたらつまらない。

十町ばかり距離を取ったところで馬を下りた。馬の尻を叩くと、馬はそのまま畷道《あぜ》を走っていった。

信十郎と鬼蜘蛛は葦の原に隠れる。二人を追ってきた蒲生の騎馬武者が、空馬を追って走っていった。

四

「上手くいったな。軽いもんやで」

鬼蜘蛛が満足そうな笑顔で歩いている。しかし、信十郎の心は晴れなかった。

（これで戦が終わるのだろうか）

主将は討ち取った。蒲生の兵たちは統制を失ったはずだが、葦原の中を進む信十郎には、蒲生勢と関東郡代の戦がどう進展しているのかはわからない。

（それにあの若武者……）

やはり、若者を殺してしまったという事実が、信十郎の心に重くのしかかっていた。

そのとき、葦原が揺れて、火鬼がのっそりと姿を現わした。信十郎を見て、ペコリと低頭した。

「お役目ご苦労さまにございました。本陣を失った蒲生勢は、算を乱して逃げまどっておりまする」

「左様か」

これで江戸の町と、徳川将軍家の脅威となる存在がまた一つ、この世から消えたことなる。

(偃武のためには、まことに結構なことだと喜ぶべきなのであろうが……)

平和な世の中を維持するために、いったいどれほどの敵を殺しつづけなければならないのだろう。信十郎は目眩《めまい》さえ覚えた。

いっぽうの鬼蜘蛛は単純に勝ち戦を喜んでいる。あれほど警戒していた火鬼にも笑顔を向けた。

「それにしてもたいした腕やで。ワレの火遊びのお陰で上手く事が運んだようなモンや。敵に回すと恐ろしいが、味方につければ頼りになる男やで」

無邪気に褒めたたえられて、火鬼は複雑な顔をした。冷酷な環境で育った忍びの者は、好意を向けられるとかえって対処に困ってしまう。

「わしは、仕事が終わったから、帰らせてもらう」

信十郎も頷き返した。

「世話になったな。天海殿に宜しく――は、伝えないほうがよいだろうな」

すると火鬼は恭《うやうや》しげに片膝をついて、首を垂れた。

「故太閤殿下の御曹司様のお下知の下で働くことができ、望外の喜びでございました」

「何を言いだす。またそれか」

「我ら、道々《みちみち》の輩にとって豊臣家は、この世に唯一、衷心《ちゅうしん》から仕えるべき家でござるゆえ」

　信十郎は滅多にないことに、身震いまでして嫌悪の感情を露《あらわ》にさせた。

「冗談でも、そのようなことは申すな」

「冗談ではございませぬぞ。御曹司様が豊家再興のために立つというのであれば、我らはいつでも、馬前に駆けつけましょう」

　信十郎はそれこそ冗談ではない、という顔をしたのであるが、鬼蜘蛛のほうは、もっともな話だと納得しかけているらしい。

「そらそうやろな。そのときがきたら頼むでぇ」

　火鬼は鬼蜘蛛に皮肉そうな笑みを向けると、身を翻して去っていった。

五

　蒲生の浪人勢と関東郡代との暗闘は、さほどの大騒動にはならずに片がついた。壊乱して逃げまどう浪人たちを、風魔党が人知れずに始末し、あるいは捕らえていく。

この時代、関八州の至る所に大規模な盗賊団が出没し、関東郡代の手勢によって捕縛されたりしていたので、何も知らない農民たちは「ああ、また捕り物か」という気分でいたようだ。

信十郎の居場所はいつの間にか露顕してしまうらしい。江戸に向かって中山道《なかせんどう》を歩いていると、板橋宿の手前で、風魔党の頭領、鳶澤甚内《じんない》に呼び止められてしまった。

そろそろ空が白みかけていた。朝の早い旅人などは旅籠を出立する時刻だ。

鳶澤甚内も、昨夜は忍び装束で戦っていたはずなのだが、このときには既に商人の姿に着替えていた。恵比寿さまのような愛想笑いを向けてきて、腰を深々と折って見せたのだ。

「これはこれは。昨夜は大層なお手柄でございました。お蔭さまで騒動を小さく収めることができましたよ」

鳶澤甚内は関東乱破の頭領であるのだが、普段は古着商の元締に扮している。古着屋は大名屋敷などに御用伺いに赴いて、古着や端切れを買いつけてくる。それを仕立て直したり洗濯したりして庶民に売るのが商売なのだが、そのためどこの大名屋敷にも怪しまれずに潜り込むことができた。徳川家の忍びとしては、大層重用された者たちだったのだ。

「さて、帰りますか」と鳶澤甚内は、商談から帰るお店者《たなもの》みたいな顔つきで歩きはじめた。信十郎はそのあとについて歩きだす。武士の姿で流す信十郎は、甚内に雇われた用心棒のように見える。そう見えるように心を配りながら、訊ねた。

「して、昨夜の首尾はどうでした」

「はい。『食いつめた浪人者が徒党を組んで偸盗《ちゆうとう》を働いていたところを、関東郡代様の捕り方が召し捕った』ということで始末がつきましてございます。改易となった大名家が軍勢を仕立てて江戸に攻め寄せてきた、などという話が諸国に伝わっては大事《おおごと》ですからな。これでよろしかったのでございますよ」

「しかし」と、信十郎の表情は晴れない。

「取り潰された蒲生家の者ども、なにやら哀れに思えぬでもない」

鳶澤甚内は、チラリと横目で信十郎を見て、わずかに微笑んでからつづけた。

「なぁに。年寄（老中）様方に抜かりはございませぬ」

「と言うと？」

「そもそも蒲生家には東照神君様の姫君が嫁入りなされておわしまする」

「なんと？」

「急死なされたご当主の、下野守忠郷様は、家光公のいとこに当たるわけでして。大公儀としても粗略にはできかねます。そこで、法度《はっと》を曲げて蒲生家には、伊予松山で二十四万石の御家を再興することが許されたわけなのです」

信十郎は首を傾げて鳶澤甚内を見た。

「では、なにゆえ浪人たちは、このような愚かしい真似を」

石高が半減されたとはいえ、大人しく公儀に従っていれば、栄えある武士として生きて行ける。一か八かの暴挙に打って出る必要などなかったはずだ。

すると鳶澤甚内は、人の悪そうな笑顔を浮かべて信十郎を見つめ返した。

「蒲生家は元々は、豊臣恩顧の家でございますよ。豊臣家の恩義を慕い、徳川をよく思わぬ家臣たちが数多《あまた》おりました。そのせいで家中が上手くゆかず、常に反目しているようなありさまでしてね」

家中の古参派が豊臣派で、新規に台頭してきた者たちが徳川派となって分裂する。この頃の大名家では実によく見られた内紛の構造であった。

「領地を半分に削れば、家臣の半分も追い出さざるをえなくなる、ということでしてね。蒲生家は、これ幸いと豊臣家への恩義を忘れずにいたうるさ型の老臣たちを追い払った、ということなのでして」

信十郎は愕然とした。

(俺が斬ったのは、豊臣家への恩顧を忘れずにいたゆえに、家を追い出された者たちだったのか……)

彼らは自分たちがなにゆえ浪人の身に落とされたのか、重々理解していたのに違いない。そしてますます徳川を憎んだ。

(それゆえ、このような暴挙に打って出たのか……!)

もはや徳川の支配する日本国では生きていたくない。生きるつもりもない。そんな自殺願望にも似た思いを抱えて、挙兵したのに違いなかった。

(それを俺が斬った……)

豊臣家からの恩を忘れなかった者たちを、秀吉の子である自分が殺したのだ。

信十郎は呆然として立ち尽くした。

そんな信十郎を鳶澤甚内は、すこしだけ痛ましそうに見つめた。

「あなた様なら、この過酷な運命《さだめ》を乗り越えられるはず。そう思ってお伝えしました。わたしの口から伝えなくても、いずれ、どなたかからの口から伝えられるはずですしね」

そう言ってから、首を横に振った。

「それにねぇ。どうやらこの一件、何者かがけしかけた気配があるものですからね。何者か、徳川を宜しく思っていない誰かが、裏で糸を引いていたようなのですよ。ですから、あなた様がお気に病むことはございませぬよ」

そう言われても、気分の晴れる話ではなかった。

「あなた様も、とんでもない重荷を背負って生まれてきてしまいましたなぁ。あなた様の苦しみを理解できるのは、左様、大御所秀忠様、お一人にございましょうかね」

そう言って甚内は江戸に向かって歩きだした。

六

当時の板橋宿は、のちの世のような賑々しさとはほど遠い佇まいであった。そもそも五街道は徳川家康が、徳川軍の進軍を容易にするために造った軍道であって、宿場は部隊に寝所や食料や、馬の秣《まぐさ》などを供給するための基地として設営されたものだったのだ。中山道第一の宿の板橋宿も、この頃はまだ、軍事拠点としての機能しか持たされていなかった。

馬小屋がいくつも建ち並び、おびただしい数の軍馬が飼われている。板橋には馬商人と、馬を買い求める武士もやってくる。早朝から馬市が立つのである。

良馬の供給地はなんと言っても奥州だ。きつい奥州訛りの商人と、西国の大名の家臣なのか、やはり訛りのきつい武士が、噛み合わぬ遣り取りを繰り広げていた。板橋宿には幕末まで、日本最大の馬市があったという。

馬糞の臭いに辟易とさせられながら宿場を抜けて、本郷の大地に差しかかった。明《めい》暦《れき》の大火ののち、この丘陵には前田家の屋敷が移ってくるが、まだこの頃は、里山の雑木林が広がる在郷であった。

江戸の町を眼下に見下ろす坂道の上に差しかかったときである。信十郎たちより先を歩んでいた鳶澤甚内が、「ムッ」と唸って立ち止まった。

信十郎もすぐに異変に気づいた。南の空に煙が湧き上がっていたからだ。

「火事か」

甚内の許に駆け寄る。一気に開けた視界の先で、江戸の町が炎を上げていた。

「あれは、横山町のあたりやで!」

鬼蜘蛛が背伸びをしながら見当をつけた。甚内は「しまった!」と叫んだ。

「我らの目を江戸の外に引き付けておいて、その隙に火を……」

江戸の町の最大の弱点は火事に弱いことである。急激に開けた城下には、大勢の者きで、壁に土や漆喰《しっくい》が塗り込められている家はほとんどない。火の粉が降れば即座に延焼してしまう。

たちが集まっている。安普請の長屋が込み入って建っているのだ。屋根は当然、板葺

鬼蜘蛛が信十郎の袖を引いた。

「……まさか、火鬼が一枚嚙んでおるのとちゃうやろな」

付け火は火鬼のお家芸だ。

「いや、そうではあるまい」

火鬼にも、その雇い主の天海にも、江戸に火を付ける理由などない。

信十郎は空を見上げた。昨夜からつづく強風が頭上を吹き抜けて、江戸の町に吹きおろしていく。この風に煽られたらたまるまい。ますます炎に勢いがつく。火鬼の火遁の術を以てしても御《ぎょ》しかねる事態であるはずだ。

江戸の町には、蒲生浪士だけではなく、徳川に恨みを抱いたさまざまな人々が集まっている。天下を統一し、偃武の世を導くために徳川家は、多くの大名家を潰し、多くの浪人を生み出してきた。

「隙あらば、かの者たちが敵意を剝き出しにして襲いかかってくる……」

表向きには偃武の世だが、その裏には憎しみの熾火《おきび》が常に熱を放っていたのである。

甚内が泡を食って走っていく。鬼蜘蛛は信十郎を見上げた。

「わしらはどうする」

「どうすると言われても、我らに火事は消せぬ」

鉄砲洲の渥美屋に戻ろう、と答えて、歩きだした。


この日の火事は丸三日、燃えつづけて、元吉原（日本橋）のあたりまで焼き尽くしたという。当時はまだ、八丁堀や築地には湿地や干潟が広がっていた。あるいはまだ海の底であった。つまり、江戸の町人地のほとんどが焼き尽くされてしまったのである。

第二章　西洋航路

一

翌、寛永五年（一六二八）、二月。

大海原を一隻の船が帆走している。

船尾には、長崎奉行、長谷川《はせがわ》家の家紋の入った幟《のぼり》が立てられていた。すなわち長崎奉行の御用船であった。

御用船は白い波を切り裂きながら南の青い海原をゆく。水平線には真っ白な入道雲が浮かんでいた。夏の陽差しに照りつけられた帆が、眩しいほどに白く輝いていた。

その甲板の真ん中に、一人の中年男が大の字になって転がっていた。

顔色が悪い。真っ青だ。裁《た》っ着《つ》け袴に袖無し羽織など着けて、一端《いっぱし》の武将らしい格好をしていたが、まるで顔色《がんしょく》がない。大事な刀も帯から抜いて傍らに転がしてあった。

目をきつく閉じ、紫色に変色した唇をへの字に結んでいたが、船が大波に乗り上げて、甲板が大きく上下するたびに、吐き気を堪えかねて身悶える。

当然ながら船を操っているのは〝海の男〟たちである。彼らにとってこの程度の波は凪《なぎ》と同じだ。船に酔ってひっくり返っていることのほうが信じられない。

皆内心では軽蔑し、嘲笑《あざわら》ってもいたのであろうが、しかし、この中年の武士、貧相な見掛けとは裏腹の上客であるらしく、船乗りたちは〝敬して遠ざく〟の態度を貫いていた。

垣立《かきだつ》（船縁）を巡って一人の男がやってきた。

「だいぶ、お加減が悪いようですな、西郷《さいごう》様」

赤銅《しゃくどう》色に潮焼けした四十ばかりの中年男が、船酔いをした武士を痛ましげに見下ろした。

西郷と呼ばれた小男は、ひっくり返ったまま片目だけ、薄く開いた。

「こ、これは船頭……、否、浜田《はまだ》殿……」

この船頭は名を浜田弥兵衛《やひょうえ》という。船頭ながら姓を名乗っていた。

長崎奉行の御用船ともなれば、全長が三十間（五四メートル）を越える。船頭とは船長《ふなおさ》のことである。渡し舟の船頭のような粗末な姿ではない。二百数十人の船乗りを従えた海の侍大将だ。威厳に満ちた姿で、羽織の裾を潮風にはためかせていた。

西郷は真っ青な顔で浜田弥兵衛に訊ねた。

「り、陸地はまだか、まだ高砂《たかさご》にはまだ着かぬのか」

高砂とはのちの台湾のことである。

浜田はすこし呆れ顔で首を横に振った。

「まだ、八代《やつしろ》の湊《みなと》を出て、二日も経っておりませぬぞ」

長崎を出帆した浜田の船は、途中、肥後国の八代湊に寄港して、この厄介な乗客を拾ったのだ。

「西洋は広うございますからな。二日や三日では着きはしませぬよ」

この時代の日本人は、東シナ海からインド洋にかけての一帯を〝西洋〟と呼んでいた。東アジアの諸国のことは南蛮と呼び、そこに住む人々を南蛮人と呼んだ。

当時の日本人にとってはヨーロッパも〝西洋〟の一部であり、南蛮を経由して日本にやってくるので、ヨーロッパ人も南蛮人と呼ばれた。しかし当時一般的に南蛮人と言う場合は、琉球や高砂、フィリピンやベトナム、シャムなどの人々を差していた。

この時代の人々が「西洋」と言うとき、それは東シナ海を意味しており、「南蛮」と言うとき、それはアジア諸国を意味している。

西郷は「ううむ」と唸って寝返りを打った。腹を抱えて縮こまった。

「このままではわしは、弱って死んでしまうぞ……」

昼も夜も船酔いに悩まされている。飯が喉を通らない。炊いた米の匂いを嗅いだだけで吐き戻しそうになった。

「すぐに馴れる、すぐに馴れると、浜田殿が言うから辛抱してきたが、一向に馴れる気配もないではないか……」

浜田は呆れ果てた目で西郷を見おろした。

船酔いには誰でも悩まされる。海の男たちですら、出帆したその日には激しく船に酔う者もいる。しかし、次第に馴れてくる。初めて海に出た陸の人間でも、次第に順応してくるのだ。こんなに酷い船酔いにかかる人間は珍しかった。

「ま、そのうち馴れまするよ」

気休めのように言って、面倒な客から離れた。

浜田弥兵衛は帆柱の下に立って、上を見上げた。

「紅毛人の船は見えぬか」

帆柱の先端には若衆（平の水夫）が腰掛けていた。紅毛人とはヨーロッパから来た白人のことだ。若衆は周囲の海原を見渡してから大声で答えた。

「何も見えんですたい」

浜田は怒鳴り返した。

「気張って見張れ！　特に、オランダ船には気をつけろ」

若衆は「へーい」と答えて、視線を海原に戻した。

帆柱には二種類の帆が張られている。一つは竹を編んで作られた網代帆《あじろ》。もう一つは布製の帆だ。網代帆の上端の桁《けた》が蟬車《せみぐるま》という車輪を介して、縄で巻き上げられている。その蟬車のところに見張り台が作られていたのだ。

帆の桁を器用に渡って、小柄な少年がやってきた。真っ黒に日焼けした顔つきで、名は小鳥《こがらす》というらしい。

揺れる船の上の、風に煽られた帆桁を渡るのは、熟練の水夫でも恐ろしいものだ。しかし小鳥は恐れる様子もなく桁を渡って、帆の弛みを調節してから戻ってきた。

船乗りには、有能な者と無能な者の二種類しかいない。有能であれば子供だろうと重く扱われるし、無能なら、どんなに身分が高くても軽く見られるものであった。

若衆は小鳥の働きに感じ入っている。腰から下げていた干し肉を引きちぎって差し出した。

「腹ば空かせておらんか。食うたらよか」

小鳥は見張り台の端にチョコンと腰を下ろすと、嬉しそうに干し肉を受け取った。小さく嚙み千切って、口の中でよく嚙んだ。

「ワイ、なかなかのモンだな。どうだ、末次《すえつぐ》の旦那にくさ、仕える気はなかか。ワイなら直ぐにくさ、若衆に出世できようとたい」

ここ二日ほどの小鳥の働きぶりを見て、すっかり気に入ったらしい。

小鳥は首を傾げて聞き返した。

「末次の旦那って、誰だい」

この問いには若衆も呆れ顔をした。

「ワイは末次の旦那の持ち船に乗っとるというのに、末次の旦那ンことを知らんとか」

「末次の旦那の持ち船？　この船は長崎奉行様の御用船だって聞いたけど」

「末次の旦那は長崎のお代官様たい」

長崎代官、末次平蔵政直《へいぞうまさなお》は長崎の乙名《おとな》である。長崎を牛耳《ぎゅうじ》る大立者《おおだてもの》の一人と言ってよい。

父の末次興善《こうぜん》は、元は博多の豪商で、長崎の湊が開かれるとともに移ってきて、湊の発展に寄与した。末次興善が作った町は興善町としてその名を留めている。

息子の平蔵は朱印船貿易を大々的に行なって財を成した。

末次平蔵の持ち船は、中国やシャムのジャンクに、ヨーロッパのガレオン船などの様式と機能を折衷させたもので、彼の名をとって『末次船』と呼ばれた。今、海上をゆくこの船こそが、まさにその末次船であった。

元和《げんな》四年（一六一八）、末次平蔵は、当時長崎代官だった村山等安《むらやまとうあん》を幕府に訴えて失脚させ、自らが長崎代官となった。

その後は徳川家が送り込んできた長崎奉行に従って、ますますの熱意を籠めて朱印船貿易に打ち込んでいたのだ。

「つまり末次って旦那は長崎奉行様の手下ってこと？」

小鳥は若衆に訊ねた。

「なんば言うとる。長崎奉行様は神輿《みこし》たい。担いどる代官様のほうが、ご本尊たいね」

要するに長崎奉行所の実権は代官が握っていて、江戸の幕府から派遣されてきた長崎奉行は体《てい》のよいお飾りだ、と言ったのだが、まだ幼い小鳥の頭では理解できない。

若衆はつづけた。

「末次の旦那は朱印船の商いで大きく儲けておられるとたい。末次の旦那の持ち船に乗っておれば、まず、間違いはなか」

長崎は海外に開けた貿易港。朱印船は幕府が発行する貿易許可証（朱印状）を与えられた貿易船だ。幕府が太鼓判を捺《お》したわけであるから、その信頼は絶大である。

この時代の貿易は、金を持っている者が商人に投資することから始まる。商人は投資された金で日本の特産品を買い、海外に持っていって現地で売り払って金に換える。その金で現地の特産品を買って、日本に帰って売り払い、二重に利益を上げるのだ。莫大な利潤である。投資先にどれだけ利子をつけたとしてもまだ余る。濡れ手に粟の大儲けであったのだ。

「どうだ。浜田の旦那もお前のことは一目置いとる。悪い話ではなかぞ」

そう言われても小烏には返事の仕様もない。たしかに帆柱によじ登って、見事に桁を渡って見せてはいるが、それはただ単に、高いところから海を眺めていたいと思っていたからだ。遊びのつもりでやっているのに、それを一生の仕事にしないかと誘われたら、ちょっと考え込んでしまう。

「オ、オイラは菊池の男だから、勝手に里を離れることはできないよ」

小鳥はそう言って、返事を濁した。

「ふん。菊池党な……」

若衆は、ちょっと気味が悪そうな目で小鳥を見つめ返した。

若衆も九州で育った人間だから、菊池一族のことは知っていた。日本人が竪穴式住居で暮らして、古墳を造っていた頃からつづく氏族である。南北朝の動乱の際には南朝方に与《くみ》して、足利家と激戦を繰り広げたこともあった。

その後、足利幕府が派遣してきた九州探題、今川了俊《いまがわりょうしゅん》の大軍に討ち負けて、ある者は菊池ノ里に引きこもり、ある者は薩摩国や大隅国に逃れ、またある者は今川《いまがわ》家に帰順して、今川家の領地がある東海地方に移り住んだ。

噂では、徳川二代将軍の生母、宝台院《ほうだいいん》も菊池一族であり、姓は西郷というらしい。となれば、西郷の姓を持つ者は、菊池一族でも相当の顔役であるはずだ。

若衆は遥か下の甲板に視線を落として、大の字にひっくり返った小男を見た。

「あの御方が、菊池彦様なのかい」

姓も西郷。菊池一族を代表して長崎奉行所に接近してきた男である。

すると小鳥が、心底から馬鹿に仕切ったような、こまっしゃくれた顔つきで答えた。

「大津彦《おおつひこ》がかい？　あんなヤツ、菊池彦様の足元にも及ばないよ！」

子供ながらに相当憤慨している様子でもある。どうやら図らずも、菊池一族の頭領、菊池彦を侮辱してしまったらしい。小鳥みたいな悪餓鬼は怖くないけれども、菊池一族は怖い。若衆は慌てて手を振った。

「違ったとか。オイのしくじりたい。……あんお人は、大津彦と言うとか」

小鳥はほっぺたを膨らませながら答えた。

「そうだよ。あんなヤツ、長老方の中でもたいしたヤツじゃない。それなのに、菊池彦様がいないのをいいことに、好き勝手にしてるんだ」

やはり子供だ。怒りを抑えていられずに、一族内の内紛を思わず外に漏らしてしまった。

それは多分、菊池一族内でも厳重に秘されている情報であろう。そんな話をうっかり聞かされてしまった若衆としては、たまったものではない。

「ワイ、余計なことは言わんがよか!」

小鳥もハッとして顔色を変えた。

「今の話、誰にも言っちゃいけないんだ。オイラから聞いたって、言わないでおくれよ」

「言ったら、どうなる……?」

「オイラ、殺されちゃうかも」

そのときは若衆も口封じのために殺されるはずだ。菊池一族が放った忍びの手で。

「言わん言わん！　ワイも、オイに喋ったなんて、言ったらいかんぞ」

小鳥は「うん、わかった」と頷いた。

若衆は溜め息をもらして、身震いをした。

二

二日後の夕刻――。小鳥は潮風がずいぶんと温かくなったのを感じた。薄い帷子《かたびら》一枚だけでも汗ばむほどだ。

季節はまだ初春、菊池ノ里では霜柱が立っているはずだ。そうとう南まで航海をしてきたことが理解できた。

末次船は、いずこかの島影にゆっくりと近づいた。

日は水平線に没し、空は群青色《ぐんじょういろ》に染まっている。これから夜を迎えようという薄闇の中に、巨大な島影が浮かび上がっている。

「あれが高砂《たかさご》か？」

ようやくにして船にも馴れた大津彦、武士としての名は西郷小四郎《こしろう》が、すっかり窶《やつ》れた顔を上げて訊ねた。

近くには若衆たちを束ねる親仁《おやじ》と呼ばれる男がいた。浜田の下にいるのが表仕《おもてし》で、これが西洋の海軍風にいえば航海長に相当する。親仁の地位はその次で、甲板長や掌帆長に相当する仕事をしていた。

親仁は首を横に振った。

「高砂はもっともっと大きな島でございます」

船には、さまざまな地方の出身者が乗っている。伊勢や志摩の訛りの者もいれば、瀬戸内訛りの者もいた。

「オランダ国はポルトガルとの戦に負けよりまして、マカオを追い払われよりました。仕方なく明国に湊を借りようとしよりましたが、明国に嫌われて、無主の島の高砂に城を構えよりましたんです」

オランダの船団が、フィリピンのマカオを攻略しようとして失敗したのが一六二二年。日本でいえば元和《げんな》八年。出羽の最上《もがみ》家が改易され、本多正純が失脚して宇都宮城を取り上げられた年だ。

その後、オランダは澎湖島などを転々として、ようやく、高砂に拠点を設営し、ゼーランジャ城を築いたのだ。

「しかし、高砂にも人が住んでいないわけではなし、湊がなかったわけでもなし」

高砂にはタイオワンという湊があった。この湊の名がのちにこの島全体の呼び名となる。

タイオワンにはイスパニアはもちろん、日本の船や倭寇《わこう》（日本を拠点とした明国人の海商）の船などが寄港地として利用していた。ことに日本人は、この島から取れる鹿皮を珍重していたので、島民にとっては重要な交易相手であったのだ。

「しかし、オランダは、高砂の領有を宣言して、寄港する船から金を取ろうとしよりました」

関税をかけたわけである。税率は一割であった。

親仁は憤然として、鼻息を吹いた。

「そんな話に乗るわけには、いきよりません！」

日本のほうが先に乗り込んでいたわけだから当然だ。

しかしオランダにも言い分はある。湊の設備はオランダが管理するし、近海の海賊船はオランダが責任を持って追い払う。荷が奪われたならオランダ海軍の力で取り戻すように努力する、というのだ。

オランダの最も重要な貿易相手国は日本であった。当時の日本は、金銀の採掘が盛んで、世界に流通している銀貨の三割が日本から産出されたとも言われている。言わば世界の造幣局だったわけで、多くの貿易船が日本を目指して押し寄せてきた。

逆に言えば、日本は強気に出ることができるわけだ。長崎奉行所の代官であり、自身も富豪の貿易商だった末次平蔵はオランダの宣言を断固として拒否した。ゼーランジャ城のオランダ行政府と冷戦状態に突入したわけだ。

オランダ行政府も黙ってはいなかった。しかしポルトガルに敗北したばかりのオランダには、日本と事を構える余裕はない。日本とポルトガルが軍事同盟を結んだりしたら、東アジア世界から追い出されてしまうかもしれない。ここは下手《したで》に出ることにして、タイオワン行政長官のピーテル・ヌイツを江戸に派遣、将軍との面会を求めた。

オランダの動きを知った末次平蔵は、一介の代官とは思えぬ行動を見せた。江戸に先回りをして幕閣たちに根回しをし、ヌイツと将軍との面談を阻止しようとしたのである。

末次平蔵は、高砂の島民の何名かを連れ帰り、将軍に謁見させせようとした。

島民たちの申し出は「高砂を将軍に献上するので、徳川家の手で我々を統治してもらいたい」であった。

果たして本気でそんな希望を持っていたのかはわからないが、高砂の島民としても、突然やってきて領主ヅラをしはじめたオランダ人を快く思っていなかったのであろう。これまでどおり、日本との自由な交易を望んでいたのに違いない。

ところがこの島民たちが皆病気に罹っていた（疱瘡だという）ので家光との謁見は叶わなかった。

それでも徳川幕府は島民の申し出を喜んで、過分な褒美を土産に持たせて長崎に帰した。

末次平蔵の工作は功を奏して、ヌイツの書簡は突き返され、ヌイツの外交交渉は頓挫した。

かくして、徳川幕府とオランダ国は、ほとんど開戦前夜の状態へと突入したのである。江戸の将軍家光と、幕閣たちがその事実に気づいていたかどうかはわからない。しかし長崎奉行所は敏感な反応を見せた。末次平蔵が仕立てた御用船が、敵情視察のためにタイオワンへと放たれたのだ。


日が水平線に没した。船は灯火を消して航行しつづけた。

「暗礁、というものがあるのではないのか」

大津彦は聞きかじりの知識を思い出して、身震いしながら訊ねた。暗礁に乗り上げたら、木製の船など木端微塵になってしまうと聞かされていた。

「心配いりよりません。このあたりの海は深いですけん」

親仁はそう答えたが、大津彦は不安に身震いしつづけた。船縁から下を覗き込めば、真っ暗な海が無限に広がっている。

(……これは、わしのしくじりだったかな)

などと後悔の念を感じないでもない。

大津彦は朱印船貿易に菊池一族の未来を賭けてみる気になったのである。菊池一族は表向き、肥後の領主である加藤《かとう》家に従っている。加藤家の今の当主は忠広《ただひろ》、その父親は有名な加藤清正《きよまさ》だ。

虎退治や文禄慶長の役《えき》の荒武者として知られた清正だが、それでいて経済観念の発達した男でもあった。肥後国が大陸や南蛮に近いという地の利を活かして、海外貿易に乗り出したのだ。

菊池一族は古代からつづく氏族だが、南朝の一派でもある。南朝は道々の輩に通じている。今でいう運送業だ。

平安時代、荘園制度が発達したお陰で、日本国は世界で最も流通制度の発達した国となった。流通に従事する専業の事業者が誕生したのである。

それらの者たちはほとんど南朝に帰依した。北朝を掲げた足利家が、農民と武士を代表していたので、それに対抗するために自然と南朝に集まったのに違いない。

菊池一族は古代氏族としての伝統と、流通業としての開明的な側面を持ち合わせていた。

大津彦は、氏族の伝統では菊池彦に敵《かな》わないことを自覚していた。だから流通業に注力することで、一族の中での重きを成そうと謀っていたのだ。

（だが、そのせいで紅毛人の国との戦になったのではかなわんぞ）

西欧諸国と日本との、誰が敵で味方なのかもよくわからない混戦に首を突っ込もうとしている。実に恐ろしい話であった。

末次船は船体を軋ませながら航行しつづけた。闇の中で大きく回頭したのは、潮の流れが変わったからだろう。

闇の向こうになにやら、とてつもなく巨大な陰が浮かび上がった。

「あれが高砂の島影ですわい」

何者かが教えてくれたのだが、船は灯火を完全に落としているので、大津彦には誰が喋ったのか、見極めることはできなかった。

船は岬の先を大きく回った。浜田も親仁も操船と警戒に忙しい。すでにオランダの制海粋に入っている。この先の島影のどこかに、問題のゼーランジャ城があるはずだ。

水夫たちも息をひそめて行動している。波の音と、船体が軋む音だけしか聞こえてこない。島や陸地の近海は潮の流れが複雑だ。水夫たちの緊張が大津彦にも伝わってきた。

「見えた!」

誰かが帆柱の上で叫んだ。

海に張り出した岬の先端を、船は大きく回る。黒々とした岬の向こうに、もう一つ、別の岬が見えてきた。

「おお……」

大津彦は目を瞠《みは》った。無数のかがり火が煌々と焚かれた湊が、闇の中に鮮やかに浮かび上がっていたのだ。

海霧の向こうに霞んで見える。湊には数隻の南蛮船が入港していた。波除けの堤防が海に突き出し、その先端には巨大な常夜灯が建てられていた。

「石造りの常夜灯か。これはすごい……」

夜間に航行する船の目印となるのに違いない。似た物は日本にもある。大きさはまったく異なっていた。

「まるで城の櫓のようじゃな」

目算だが、高さは三丈（約九メートル）以上はあるだろう。石垣の土台は大波を食らっても容易に崩れはしないはずだ。

浜田が叫んだ。

「城の前を横ぎるぞ！　そろそろあっちも、こっちに気づいて目を凝らしておるはずたい。明国のジャンクのふりをしてやり過ごすばい」

敵意を感じ取られないように静々と、御用船はゼーランジャ城の真ん前を巡りはじめた。さらにはゆるゆると接近していく。城壁が大きく見えてきた。

大津彦はまたも目を見開いた。

（なんじゃあれは。日本の城とは大いに違うぞ）

石壁が垂直に高く積み上げられている。松明に照らされて浮かびあがった城壁は、さながら黄金でできているかのように眩しく輝いていた。

「なんとも、厳めしい構えじゃ」

仮に、肥後加藤家五十余万石の軍勢が総出でかかっても、攻め落とすことができるかどうか。

日本国の武士としての目で見れば、戦慄を禁じえない光景である。日本国のすぐ近くに、このような堅固な要塞を築かれてしまった。オランダ勢の本国は遠く西の果てにある。オランダの兵は日本に攻め込むこともできるが、日本人は到底、オランダに攻め入ることができないのだ。

一方的な敗戦を予感させる光景ではあったのだが、城の威容を見つめているうちに、大津彦の胸には別の思いが沸き上がってきた。

「……これは、よい儲けになるのと違うか」

はるか彼方の南蛮国の富力の一端を見せつけられてしまった。貿易は金になる、菊池一族は総力を上げて、南蛮との交易に乗り出すべきだ、と直感したのだ。

(南朝方には水軍もおる)

伝統的な武家政権だった北朝方（足利幕府）は、農民と年貢に根ざした重農思想に縛られている。しかし南朝方は違う。

(南蛮国と日本のあいだを取り持ちすれば、物と金を右から左へ動かすだけで大儲けできるはずだ)

大津彦の脳裏に、黄金色に光り輝く菊池一族の未来像が浮かび上がった。

そのとき。

ゼーランジャ城の城壁の先端部で稲妻のような閃光が一瞬、輝いた。闇に慣れた大津彦の目には、真昼の陽光のように明るく見えた。

「撃ってきたぞぅ！」

誰かが叫んだ。直後、ドンッと雷鳴のような音が轟く。

(大筒だ！)

長崎奉行所の御用船であると気づいたオランダ軍が、大砲を放ちかけてきたのである。

「帆を上手《かみて》に張れ！　面舵《おもかじ》ッ」

帆の桁に張りついていた水夫たちが、巻き上げていた帆を一気に下ろす。甲板で綱を握る者たちが帆を上手（船体の右側）に大きく突き出す格好に張った。

帆が夜風を孕《はら》む。上手に張られた帆は、船を右側にグウンッと傾けさせた。同時に舵も右に切られる。船体は激しく軋みながら、右へ向かって回頭しはじめた。

ボオンと轟音をたてて巨大な水柱が上がった。驚くほどに正確な射撃だ。塩水が甲板に降り注いできた。

「とっぱち（最初）から近弾たい！　どげんなっとる！」

長崎の水夫たちも、この砲撃の正確さには驚きを隠せない。海の戦になれた男たちですら顔色を失くしているのだ。大津彦などは腰を抜かさんばかりに驚いていた。

「う、撃ち返せ！」

震えながら言うと、「馬鹿を言わんかい」と怒鳴り返された。

「揺れる船の上から撃ち返したばってん、当たるもんではなか！」

誰が言い返しているのか、大津彦にはよくわからない。照明もなく暗いうえに、大津彦自身が動揺しきって視野が狭窄していたからだ。

さらに大きな衝撃音がして、巨大な水柱が立ちのぼった。

「ひいっ」

大津彦は頭を抱えてその場に蹲《うずくま》った。

「オランダの船が湊を出よります！」

帆柱の上から叫び声がした。タイオワンの湊から、小型の哨戒船が出港してきたのだ。

小型の船ではあるが、この御用船と遜色のない大きさであろう。陸地の砲台と海上の軍船とで挟み打ちにされてはたまらない。

むろんのこと、御用船はすでに遁走にかかっている。

つづけざまに水柱が上がった。御用船は空中に発生する衝撃波と、着弾で発生する大波に揺さぶられながら、ヨロヨロと外洋を目指しつづけた。

大津彦は恐々《こわごわ》と垣立から顔を出した。船尾に広がる海原に目を向けると、速度を上げて迫り来るオランダの船影が見えた。

末次船は貨物船である。船底は偏平で、水の抵抗が大きいので速度が出ない。そのうえ砲撃を避けるために右に左に向きを変えながら進んでいる。このままでは追いつかれてしまうだろう。

幸いなことに、水柱が次第に遠い間合いになってきた。ついには砲撃が止んだ。大砲の射程からようやく脱することができたようだ。

しかしそのときにはもう、オランダの船が指呼の距離にまで迫っていた。

オランダ船の船首付近から勢いよく白煙が広がった。一瞬の間を置いて轟音が響く。そしてまた、水柱が盛大に上がった。

「オランダ船が撃ってきおった！」

大津彦は首をすくめて物陰に隠れる。船に載せられた大砲は小型の物だが、近距離から撃ち込んでくる。命中精度はなかなかのものだ。

「撃ち返せ！」

親仁が怒鳴った。台車に載せられた大筒が押し出されてきた。日本国はすでに大砲の国産化に成功していた。先籠め式のカルバリン砲で、西洋の物に勝るとも劣らない。火薬と弾が籠められ、火口《ほくち》に松明が押し当てられた。水夫たちは馴れているので即座に両手で耳を押さえる。大津彦は何が起こるのかも理解できずに呆然と作業を見守っていた。

直後に大筒が火を噴いた。

「うわっ」

凄まじい爆音が大津彦の耳を襲う。脳までしびれるような爆音だ。大津彦はほとんど失神してしまった。

大津彦が気づいたとき、周囲は白煙に包まれ、水夫たちが慌てふためいて走り回っていた。

オランダ船の砲撃にやられたのか、と大津彦は思った。しかし、大砲は火を噴きつづけている。白煙も、敵の砲撃が命中したことによる被害ではなく、この大砲が噴き上げる火薬の煙であるようだった。

大津彦は夢でも見ているような心地で見守った。なぜかわからないが現実感がない。

なぜだ、と考えて、直ぐに、一切の音が聞こえないからだ、と気づいた。

大津彦は愕然とした。耳が聞こえなくなってしまったのか。

絶望のあまりに絶叫したら、その悲鳴が聞こえた。そしてすこしずつ、聴覚が戻ってきた。

どうやら、砲撃の爆音で一時的に耳が麻痺していたらしい。気を失っていたのもほんのわずかな時間のようだ。

水夫たちが喚き散らしながら走り回っている。敵の砲撃による水柱はひっきりなしにあがり、海水が容赦なく降ってくる。そしてまた、大筒が火を噴いた。

親仁が甲板を蹴立てて走ってきた。

「菊池の衆に、得物を持たせて甲板に並ばせるとよ！」

「なぜだ！」

「紅毛人が斬り込んでくるばい！」

「えっ」

見れば、オランダ船の白い帆が、すぐ近くではためいている。いつの間にやら二艘の船は舷側を擦り合わせるほどに接近していたのだ。

今度は大砲ばかりか小銃まで撃ちかけられた。大津彦の近辺でも、船材に鉛玉がビシッ、ビシッと、音をたてて撃ち込まれた。

御用船の側も盛んに撃ち返す。甲板は水飛沫《しぶき》をかぶるので火縄銃は使えない。一層下の船内から、窓越しに応射していた。

大砲と小銃で打ち合ったあと、刀を振り回して兵が乗り込んでくる。そうやって船を占拠し、積み荷を奪い、船員をだ捕する。これが当時の海戦のやり方だ。海賊の略奪行為とほとんど変わらなかった。

南蛮人に捕らえられたら奴隷として海外に売られてしまう。二度と日本の土は踏めない。その程度のことは、大津彦も知っていた。

「こりゃいかん！」

引き連れてきた菊池の若衆を呼び集めた。

「お前たち、わしを守れ！」

あんまりな命令ではあるが、この若衆たちは大津彦に従っていれば裕福な思いができると目論んできた者たちだ。大津彦に死なれてしまったら自分の運命も拓けない。しかも海の上。いずれにしても一蓮托生だ。

オランダ船が勢いよく接近してきた。御用船の横腹に接触する。

「うわっ」

甲板が大きく傾いて、大津彦はその場で転がった。オランダ船はガリガリと御用船の横腹を擦りながら進んでいく。顔を上げた大津彦の目にはっきりと、オランダ人の水兵の顔が映った。

真っ黒な肌の容貌魁偉な男の姿も見えた。この時代の九州は海外貿易が盛んであるから、黒人を見た程度ではいちいち驚かない。変な肌の色をした人間だとは思っているが、向こうだってこっちのことを、変な肌の色をした人間だ思っているのだろう、と考えるぐらいの理解力はある。

しかしである。黒人は体格が大きくて力が強い。筋骨隆々の威丈夫たちと戦うのは正直恐ろしい。

（あんな連中に乗り込まれたらえらいことになる！）

大津彦は腹の底から震え上がった。

浜田は巧みに下知し、水夫たちは一糸乱れぬ働きで船を操りつづけた。オランダ船との距離が離れる。最初の斬り込みは未遂に終わった。

体当たりで速度を落としたオランダ船を引き離し、御用船は一時、距離を稼いだ。

二隻の船はふたたび撃ち合いを開始した。しかしこの時代の大砲は命中してもそれほどの被害を与えることができない。船の構造材は木製なので、撃ち込まれてもクッションのように衝撃力を吸収してしまうからだ。

その代わりの必殺攻撃が体当たりであった。尖った舳先《へさき》で相手の横腹に突撃すれば、一撃で撃沈することも可能であった。

オランダ船はすぐに追いすがってきて、再度体当たりを仕掛けてきた。御用船は相手に船腹を見せないように回頭しつづける。

オランダ船はまたしても擦れるようにして接触してきた。

「うわっ」

船が傾き、部材が軋む。何か大きな構造材が折れたようで、凄まじい音が船倉のほうから聞こえてきた。

龍骨構造の船は、体当たり攻撃を仕掛けても耐えられるだけの強度がある。しかしジャンクを基にした末次船には体当たりに耐えられるだけの強度がなかった。

さしもの海の男たちも顔色が悪い。親仁が青い顔をして言った。

「もう一度体当たりされたら、船が砕けるかもしれんたい」

体当たりされたくなければ敵の乗り込みを許すしかない。どちらにしても勝ち目は薄い。

御用船の水夫たちは、大筒でオランダ船の舵を撃ち抜こうとしている。舵を破壊すれば相手は海に漂うばかりであるから、逃げきることができるはずだ。しかしオランダ船も然《さ》る者、弱点を易々と敵の砲門の前に晒したりはしなかった。

「こうなったら、あっちに乗り込んで舵を壊すしかなか」

「どうやって」

「火薬《ひぐすり》の樽を抱えて行ってくさ、舵を吹き飛ばしてやるたいね」

「い、生きては帰れぬぞ」

敵の真っ只中を切り開いて舵にたどり着くだけでも精一杯。火薬に火をつけて逃げ帰るだけの余裕はないだろう。

「そんなこと、当たり前の話たい」

親仁は引きつった顔で笑った。自分の身体ごと吹き飛ばすつもりで、舵に向かって突進するという腹積もりであるらしい。

「わ、わしは行かぬぞ！」

大津彦は近くの柱にしがみついた。

そのとき、船縁に鉤爪がガスンと撃ち込まれてきた。ロープの先の巨大な鉤爪で引っかけて引き寄せ、乗り込んでこようという魂胆らしい。

「ひいいいっ」

大津彦は悲鳴をあげた。今にも鉤爪を伝って敵兵が乗り込んできそうな気がして、大慌てで反対側の舷側まで逃げた。

鉤爪は次々と投げ込まれてくる。御用船は振り払おうとして、舵を左右に切って船首を振ったが、ついに、オランダ船の接舷を許してしまった。

「こうなったら仕方がなか！」

親仁が手に得物を握って仁王立ちする。水夫たちも鉤や袖絡《そでがら》みなどを手にした。入港の際に桟橋を引き寄せたり、あるいは海に落ちた人間を救うときに使う道具だが、戦闘時には立派な武器となる。当時の貿易は荷を奪ったり奪われたりの繰り返しだ。皆、海賊と同様の出で立ちであった。

「さぁ、来るぞ！」

親仁の号令の下、水夫たちが列を作って待ち構える。構えた得物の先端が、オランダ船めがけてズラリと並んだ。

ところが。

突然にオランダ船は、鉤爪に結ばれていた縄を解いた。自由になった御用船は、グラリと揺れてオランダ船から離れた。

「な、なんだ……！」

何事が起こったのか、経験豊かな親仁にもわからない。乗り込む寸前にオランダ船が、戦意を喪失して逃げ出したようにも見えた。

そのとき、帆柱の上の見張りが叫んだ。

「倭寇のジャンクが見えまーす！」

「なんだと！」

親仁は視線を海原に向けた。すると、巨大なジャンクが大波をもろともせずに、こちらに向かってくるのが見えた。

オランダ船はこのジャンクの出現に驚いたのだ。日本の船と戦っている最中に横からちょっかいなどかけられてはひとたまりもない。日本の船をだ捕するつもりが、倭寇にだ捕されるようなことになってしまう。

オランダ船は大慌てで舳先を巡らせて、この海域から離れはじめた。タイオワンの湊に逃げ戻ろうとしているのに違いなかった。

「まずは助かったばい」

親仁はオランダ船を見送りながら呟いた。

「しかし、一難去って、今度は大難ばい」

近づくにつれてジャンクの巨大さを理解させられてしまった。全長は百四十メートルもある。その巨大な船体の上には、青い瓦をのせた宮殿のような櫓まで建っていた。窓の明かりが煌々として眩しい。ご丁寧なことに軒下には雪洞《ぼんぼり》まで下げられていたのだった。

「一官党《いっかんとう》の船です！」

見張りが、ジャンクに揚げられた幟を見て、叫んだ。

「一官党だと？」

親仁の顔色が、やや、綻んだ。

「一官党なら、長崎にも出入りをしておる！」

この時代の倭寇とは、実質的にほとんど明《みん》国人の商人のことであった。

明国は国策として鎖国政策を取っていた。そのため、明国の沿岸部で活躍していた海商や海賊たち（それはほとんど同体のもの）は、活躍の場と拠点を求めて海外に散った。

日本の沿岸部や諸島に拠点を作った者たちは、日本を本拠として活躍していたため明国人からは倭寇と呼ばれた。しかし構成員はほとんどが明国人である。これを明人倭寇という。

一官党は明人倭寇の中でも大きな勢力を誇っている。本拠地は五島列島にあった。

長崎とは目と鼻の先だ。

「おおい！　オイたちは長崎奉行所のモンたい！　おおい！」

御用船の水夫たちが声を限りに叫ぶ。よく見えるようにと奉行所の旗を松明で照らしあげもした。

ジャンクの舳先に竹竿が立てられた。竹竿の先には傘がぶら下げられていた。竹竿と傘は、当時の日本国では休戦や戦意がない印として使われていた。ジャンクの側が長崎奉行所の御用船だと知って、敵意のないことを示してきたのだ。

「一官党がオランダ船を追い払ってくれたばい」

結果として、そういうことになった。

大津彦も恐る恐る、船縁までやってきた。

「おお、なんと大きな船だ」

さすがは南シナ海を股にかけ、通商と海賊行為を繰り広げている明人倭寇の船だ。

これまで目にしたどの船よりも、桁外れに巨大で、また豪勢で、美しくもあった。

（いつかはわしも……）

このような船の主になってみせる。南朝方の水軍と、菊池一族を従えて海外に雄飛してくれるのだ、と、心に決めた。

ジャンクが目の前を行きすぎていく。

ふと、大津彦は、その船上に見知った男の姿を見たような気がして、目を瞬かせた。

(あれは……)

黒い牛革の袖無し羽織を着けた威丈夫が、顔を舳先に向けて立っている。

(まさか……、真珠郎《しんじゅろう》?)

今は村八分にされている菊池彦ではないのか。

真珠郎を弾劾したのは大津彦であったのだが、その目の前を悠然と、村との関わりを断たれたくせに泰然として、真珠郎が通りすぎていく。

(なぜ、あの男が、こんな所にいるのだ……)

大津彦が海外貿易に目をつけたのと同様に、あの男も交易に乗り出したとでもいうのか。しかも、こんな巨船を借用して。

(お、おのれ!)

大津彦は怒気を滾《たぎ》らせて歯嚙みした。

三

「やはり、長崎奉行所の御用船だったとたい」

一官党の若き幹部、鄭芝龍《ティシリュウ》が櫓に上がってきた。これほどの巨船を采配し、明人倭寇のあいだでは鄭爺《ティエー》と尊称される大物なのに、歳よりも若く見える顔を綻ばせて無邪気に笑った。

「それにしても……」と信十郎は首を傾げた。

「長崎奉行所の御用船が、こんな所でいったい何をしていたのだろう」

すると鄭芝龍は（相も変わらず浮世離れした男たい）と言わんばかりに、呆れたような、半分感心したような顔つきで答えた。

「大物見《ものみ》ではなかじゃろうか」

物見とは偵察のこと。大物見は威力偵察に相当する。敵の兵力や戦意がよくわからないときに、こちらから軍事行動を起こして敵の出方を探る。応戦のために敵が繰り出す戦力を観察することで敵情視察に代えるという、命懸けの作戦だ。

鄭芝龍は意地の悪そうな笑顔を見せた。

「日本国としては、こんな所に要塞を築かれたのではは、たまったもんではなかろうもん」

ジャンクはゼーランジャ城とタイオワンの湊に近づいていく。砲撃の洗礼はない。代わりに、かがり火を炊いた小舟が、水先案内のために近寄ってきた。小舟の先導に従って入港するのだ。

湊を挟み込むようにして二つの砲台が突き出している。なにゆえ二つの砲台が、双子のように設置されているのか。鄭芝龍は説明した。

「二つの砲台から見て、敵船がどこの角度にあるのかを調べて、互いに手旗で教え合うとたい。互いの角度が知れれば、敵船までの距離がわかっとたい」

原始的な三角関数の計算法である。

「とっぱちからくさ、弾ば当てて来よると」

それまでの砲戦は、無駄弾を撃って敵の距離を測り、すこしずつ調節するやり方であった。それに比べれば格段の進歩を遂げている。

信十郎は「ウーム」と唸った。遙か彼方の西域から押し寄せてきて、着々と領土を拡大しつづける紅毛人。彼らの狙いは東の果ての富国、日本に向けられている。

鄭芝龍のジャンクはタイオワンに入港した。オランダ人に雇われた現地人が馴れぬ手つきで繋留作業を始めた。明人倭寇は富豪の海商だ。高砂に孤立するオランダ人にとっても上客なのであった。日本とオランダが冷戦状態にあるからこそ、どちらにもつかぬ第三勢力で、二国のあいだを橋渡しできる倭寇が重宝されている。

繋留作業など、鄭芝龍が指揮するまでもない。鄭芝龍は桟橋に渡された跳ね橋を踏んで下船した。信十郎もあとにつづく。

「さぁて、客人を拾ったら、日本に逆戻りたい」

「客人とは」

「シャム国の王様に仕える重臣たい。大きな領土も与えられておる」

シャム国とは今のタイにあった王国である。南蛮（この場合は東南アジア）諸国の地図は、信十郎の頭にも入っている。

湊に面して迎賓館らしき建物があった。周囲をシャム人らしき色黒の兵士が、火縄銃を抱えて警備している。東南アジア諸国に火縄銃が広まったのは日本よりも早い。当然、国産化にも成功している。

ヨーロッパの火縄銃には銃床があって、肩に当てて銃を構える。しかし日本に伝えられた火縄銃には銃床がなく、銃を頬に当てて構える。

実はこの銃の様式は東南アジアで流行した様式であるという。南蛮人とは元々は東南アジア人のことだ。もしかしたら日本に火縄銃を伝えた南蛮人とは、ヨーロッパ人のことではなく、本物の南蛮人であったのかもしれない。

ここでも鄭芝龍はよい顔であった。兵の隊長に機嫌よく声をかけながら、館の奥へと進んだ。館の扉が開けられて、鄭芝龍と信十郎は一階の広間に踏み込んだ。

「草鞋は脱がなくてもよかぞ」

南蛮の、石造りの建物には土足で踏み込む。信十郎にとっては釈然としない風習だ。

広間の正面には階段があって、二階に繋がっているらしい。二階の部屋の扉が開いた。室内の明かりを背景にして、中肉中背の体軀の男が現われた。

「驚くなよシンジュロウ」

鄭芝龍は振り返って悪戯っぽい笑いを見せた。

「あの殿様は、日本人たい」

信十郎は階段に立った男を見つめた。男は悠然たる足取りで降りてきた。

「シャム国の宮廷人たい。礼儀ば直さんと」

低頭する信十郎と鄭芝龍の前に、男が立った。

「いつもながら世話になるな、飛虹《ヒコウ》殿。鮫の皮はいかがか。日本でよく売れているかな」

飛虹とは鄭芝龍の字《あざな》だ。鄭芝龍も物怖じもせずに答えた。

「よう売れとるばい。イスパニア人が銀ば欲しがっとるくさ聞いたけん、日本からくさ、銀の地金ば持ってきたと」

男は快活に笑った。

「シャム国はイスパニアとは二度も戦争をしたのだぞ。このわしに、イスパニアとの商いを仲介せよと言うか」

「殿には軍資金が要りようたい。金儲けの話は、いくらあってもよか」

男と鄭芝龍は、快活に笑い声をあげた。白い歯を見せて笑いあったのだが、二人とも目だけは笑っていないことに信十郎は気づいた。

男は、信十郎に目を向けた。

「こちらは」

鄭芝龍は「うむ」と頷いてから紹介を始めた。

「シンジュロウばいって、オイの義兄弟たい。肥後ン菊池に繋がっちょる。江戸の大御所とも昵懇《じっこん》という男たいね」

豊臣秀吉の遺児だとか、実は菊池一族の頭領の菊池彦だとか、驚くべき情報はいくらでもあったのだが、大物でありすぎることは命に関わる。鄭芝龍は適当に人となりを削って紹介したのであるが、しかし、大御所秀忠に目通りできるというのはたいした身分だ。男は、「これは」と驚きを露《あらわ》にさせた。

「鄭爺、なによりの御方をお連れくださった」

信十郎に向き直って低頭する。

「手前は山田仁左衛門長政《やまだにざえもんながまさ》と申す。今はシャム国のオークヤーに任じられており申す」

すかさず鄭芝龍が解説する。

「オークヤーってのは、日本の官位なら、三位《さんみ》に相当する重職たい」

「三位……」

信十郎は山田長政という、異国の貴族を凝視した。歳は四十歳ほど、どこにでもいそうな、愛想のよい中年男であった。貴族などより商家の主でもやらせていたほうが似合いそうだ。

しかし日本で三位の貴族といえば中納言に相当する。

「これは……」

慌てて平伏しようとする信十郎を、山田長政は慌てて止めた。

「なんの、ここはオランダ国の領土でござれば、シャム国の官位などなんの意味もござらぬ。まして、日本に戻ればこのわしなど、浪士の小伜にすぎんのでな」

長政はまたしても快活に笑った。

「商いで財を成して、それを元手に官位を買ったようなもの。過分な挨拶など御無用にござるよ」

なるほど元は商人であったのか、と信十郎は納得した。道理で物腰が柔らかいはずである。

すかさず鄭芝龍が口を挟んできた。

「何ば言うておられる。官位は槍先で稼ぎだしたものでござろうもん」

信十郎に顔を向けてつづける。

「こんお人は日本から来た浪人衆を束ねておられるとよ。イスパニア国が二度にわたってアユタヤに攻め込んで来たばってん、こんお人が浪人衆を率いて迎え撃ち、二度とも大戦果をあげて撃退したとじゃ」

アユタヤとはシャムの首都だ。山田長政は、まんざらでもなさそうな顔をしながらも謙遜した。

「なぁに、それもこれも浪人衆の働きでござる。わしは本陣に座って戦を眺めておっただけのことよ」

信十郎は訊いた。

「アユタヤに、日本の浪人が?」

「うむ。大勢渡って来ておる。関ヶ原での落ち武者狩りと、大坂の戦での落ち武者狩り。豊臣方についた武士たちは海を越えて逃れていった。それに、昨今はキリシタン狩りが熾烈でござろう。棄教できないキリシタン衆が、大勢逃げてきておるのよ」

信十郎は二年前、明国に逃がれて傭兵となった日本人たちとともに金国《きん》の兵と戦った。同じようなことが、南蛮でも起こっていたらしい。

「南蛮でならばキリシタンは、好きなだけデウスの御名《みな》を唱えることができる。これからも大勢が渡ってくるのではないかな」

信仰の自由を求めて海外に逃れても、日本の言葉しか話せないからには、現地の日本人集団を頼りとするよりほかにない。かくして山田長政のような顔役が、どんどん配下を増やしていくというわけだ。

(関ヶ原と大坂の浪人衆と、キリシタン武士たちの武力を背景にして、この男は異国の貴族に成り上がったというわけか)

秀吉や家康と比べても、勝るとも劣らぬ大人物ではないか。

鄭芝龍がニヤニヤしながら言った。

「シンジュロウも、一暴れしたくなったら山田オークヤーを訪ねるがよかぞ。日本国ではもう戦はなかろうが、山田オークヤーの下でなら、いくらでも戦ができようもん」

信十郎は（冗談ではない。戦などしたくはない）と思ったのだがしかし、（戦で頭角を現わして、あわよくば一国一城の主に、などと考えている者がいるとしたら……）

動乱の南蛮などはもってこいの舞台であるはずだった。

夜が更けていく。信十郎と鄭芝龍は、山田長政に勧められて館の中に入った。

四

鄭芝龍の船で日本に渡った山田長政は、東海道を旅して江戸に入った。

「また、あの男が来たのか」

徳川二代将軍、今は隠居して大御所となった秀忠が呟いた。

江戸城西ノ丸御殿の書院。秀忠は本丸を家光に譲り、自らは西ノ丸に下がって政務を執ってきた。

この時期の徳川幕府は二頭体制である。家光と秀忠という二人の権力者が存在している。若くて経験の乏しい将軍を父が陰から補佐するという格好だ。

秀忠もまた、若い時分には父の家康に補佐されていた。というよりも、天下の権を動かしていたのは家康で、秀忠は徳川家の領地を差配する〝一大名〟でしかなかったといったほうが正しいだろう。

その当時、家康が〝幕府〟を開いていたのは駿府だ。秀忠もいったんは駿府で隠居をしようと考えたのだが、幕閣たちに止められた。

幕閣たちは、家光という男があまりにも頼りない人格だと気づいていた。だから秀忠を江戸から離れさせることはできなかったのだ。

その駿府は、代わって忠長に与えられた。

秀忠の前には文机《ふづくえ》が置かれている。畳の上には何枚もの書状が、秀忠の裁可を待って並べられていた。秀忠が読んで、理解して、理解できなかったら掛かりの役人を呼んで説明させ、よしとしたなら署名をして、花押を捺して、朱印や黒印を捺す。近習が受け取って担当の役所へ走り、別の近習がすかさず次の書状を机に据える。

休む隙もない忙しさだ。

下の座敷は採光のために、襖も板戸も開け放たれていた。眩い光を背景にして、一人の男が平伏していた。

「シャム王家三位、山田長政卿、シャム王家よりの進物を携えてのご挨拶にございまする」

季節はまだ春先だ。秀忠は手焙りに手をかざして暖を取りながら質した。

「先日も高砂から使節が来たばかりであったな。昨今の西洋、なにやらきな臭いことでも起こっておるのか」

するとすかさず男が答えた。

「それは山田殿より言上《ごんじょう》がございましょう」

秀忠はフッと微笑んだ。大御所の自分に向かって馴れ馴れしい口の利き方をする。しかしそれがなんとも心地よい。

「井上《いのうえ》」

秀忠は男に質した。

「なんぞ、よきことでもあったか」

井上と呼ばれた男は、顔を上げて秀忠に目を向けた。その顔つきが嬉しそうに綻んでいる。

「山田長政殿を案内してまいられたのは、どなただと思われます」

「誰じゃな？」

「それがしも驚きました。なんと、波芝《なみしば》殿でございました」

「なんじゃと」

秀忠は近習の者たちが唖然とするような声を張りあげた。その顔つきに明るい血色が昇っている。秀忠はいつも青黒い顔をしている男だ。明るい表情を見せることはほとんどない。長年仕えた近習たちも、秀忠のこんな嬉しげな顔を見たのは初めてであったのだ。

秀忠は慌てて手を振った。

「そのほうどもは下がれ。暫時休息いたすがよい」

人払いをかける。近習たちは腰を屈めながら出て行った。秀忠は井上を招き寄せた。

井上は御座所の近くに座り直した。

井上正就《まさなり》は秀忠の側近で、西ノ丸年寄の要職にあった。年寄とはのちの老中のことである。本丸と西ノ丸にそれぞれ政府を持っていた徳川幕府は、本丸老中と西ノ丸老中という、二通りの老中が存在していたのだ。

秀忠は元和八年（一六二二）宇都宮城下で服部半蔵三代目のキリに暗殺されそうになり、信十郎の活躍で命を救われた。壬生《みぶ》城に逃れた秀忠は、信十郎が秀吉の子であることを知って、対面を熱望した。

その際に井上正就は、苦労して信十郎を見つけ出し、秀忠の前に連れて行った。秀忠と信十郎の交友を知る数少ない幕閣の一人であったのだ。

「あの御方は、いつもいつも、驚くべき所で顔をお出しになられまする」

井上も信十郎に対しては心を許していた。もちろん豊臣家の遺児だということは知っていたが、信十郎の人となりもよく理解している。

井上正就は才人である。秀忠が信十郎を頼りとしていることも知っていたし、徳川に巣くう南朝勢力の暗躍を押さえるには、信十郎のような人物が必要だと理解してもいた。

「山田長政卿とも打ち解けなされて、旧知の友のように語らっておいででした」

その様子を思い出して井上が頬を弛ませると、代わって秀忠が不満そうな顔をした。

「波芝は誰の心でも摑む。……あれこそが人徳と申すものであろう。それに引き換えこのわしはどうじゃ。皆に嫌われる一方じゃぞ」

井上はますます面白そうに微笑んだ。

「何を仰せなさいます。愚痴をこぼされるなど、大御所様らしからぬ御所業」

「うむ、そうであった。天下の主は嫌われるぐらいで丁度じゃ」

「気ままが許される波芝殿とは違いまする。して、山田長政卿のこと、いかが計らいましょうか」

「波芝殿の口利きとあれば、無碍《むげ》にもできまい。家光に目通りさせよ」

「ハッ、では、御意のままに取り計らいまする」

一件が片づいて、井上は居住まいを改め、秀忠も口調を改めた。

「ときに、朱印船のほうはどうじゃな。利益は上がっておるか」

「ハッ。公儀の威光は西洋にも赫々《かくかく》たるものがございまする」

日本の交易船は、徳川幕府が発給した朱印状を携えて海外に赴く。この朱印状を持たない船は日本国籍の船ではないと見做され、海外の貿易港で相手にされないし、どこかの国の沿岸で海賊行為に遭っても、誰も保障をしてくれない。

朱印状には徳川家の朱印が捺されているのだが、この朱印を管轄し、捺印するのが、井上正就であった。

朱印状を欲するのは日本の商人ばかりではない。朱印状は日本政府の御用を賜った船には残らず下賜される。明人も、東南アジア諸国の商人も、イスパニアやオランダなどの西洋商人たちも、みな、朱印状を欲しがった。幕府の御用はそれほどまでに利益の上がる仕事であったのだ。

朱印を預かる井上正就は通商大臣兼、外務大臣のようなものだ。当時、東シナ海に於いて最も大きな権力を握っていたのは、この井上正就であったかもしれないのである。

「しかし、昨今、西洋の情勢は緊迫の度を増しておりまして……」

オランダのヌイツを追い返したばかりだ。秀忠も当然、西洋（東アジア）の情勢は気にかけていた。

「西洋からは目が離せぬな。懸案ばかりが増えていく。やれやれ、難儀なことよ」

「畏れながら、この井上がおりますれば、上様にはお心を安んじられまするよう」

たいした自信であるが、ここではそうでも言って、慰めるしかないだろう。

井上はおもねるような目つきで秀忠を見上げた。

「それでは、山田長政卿は本丸にご案内いたすとしまして、……波芝殿のほうは、いかがなさいましょう」

「ここにお渡り頂け」

秀忠は畳を叩いた。

「あの御仁は方々を見て回っておられる。おそらく今回は西洋を見てこられたのに違いあるまい」

信十郎の口から西洋の情勢を直《じか》に聞きたい。秀忠はそう思ったし、井上正就もそう考えていた。

「それでは早速にでも」

井上正就は書院から退いていった。


「山田長政がまた来たのか」

土井大炊頭利勝《どいおおいのかみとしかつ》は、配下の者よりの報告を受けて、わずかに眉根をひそめさせた。

土井利勝は本丸年寄であると同時に、幕府の元老でもある。実質的に幕府を動かしていると言っても過言ではない。ときには将軍家光の頭越しに命を下すこともあるし、家光の命令を握りつぶして下に伝えないこともあった。

年寄（のちの老中）とはいえ、名目上は一介の譜代大名。しかしてそのような暴挙が可能だったのは、彼の秘められた出自《しゅつじ》に理由があった。土井利勝は家康の隠し子だったのである。

しかも二代将軍の秀忠よりも年長だ。利勝が二代将軍になっていても不思議ではない。これは公然の秘密であったのだが、薄々と皆が察していたからこそ利勝は、家光に対して差し出がましい行動に出ることも可能だったのだ。

利勝はシャム国王からの親書を、家光に見せる前に勝手に開いて目を通した。家光などに先に見せて、その場の思いつきで政策を決定されてはたまらない。家光という男はいい歳をした餓鬼である。軽々しくて粗忽《そこつ》だ。利勝の苦労は絶えない。

ところで土井利勝は異相の持ち主であった。頬が下膨れしていて両目が大きい。狸にも似た顔つきで、これが家康に生き写しだとされていた。

利勝は、書簡を読みくだすあいだ、カッと見開いていた両目を静かに閉ざした。

(別段、厄介なことは書かれていないようだが……)

日本国によろしく交易を求める、という親書だ。

朱印船をアユタヤにもよこしてくれ、日本国と密に交易したい、というシャム王の意向であるようだった。

(七年前と何も変わらぬな)

七年前にもシャム王は、山田長政を派遣してきて日本との通商を求めてきた。そのときは、体《てい》よく追い返したのであるが、今は、日本を取り巻く情勢が変わった。

幕府はイスパニアと断行した。イギリスは自ら商館を閉じて日本から去っていった。

そして今、オランダと開戦寸前、互いに商船をだ捕し合うような危険な情勢になっている。

それもこれも、キリシタンが恐ろしいからだ。幕府はキリシタンの布教を、ヨーロッパ人による日本占領の陰謀だと見做していたのである。

それは必ずしも曲解だとは言えなかった。ローマ教皇はイスパニアとポルトガルに対して、「世界のすべての土地を制圧して、世界じゅうのすべての人間をキリスト教徒に改宗させるように」との勅命を下していたのだ（デマルカシオン。教皇アレクサンデル六世の大勅命）。

その情報を徳川幕府は知っていたのだ。海外貿易に邁進していた頃の徳川家は、のちの世の徳川家とは正反対に、外国の情勢には常に神経を尖らせていた。

（シャム王国ならば、キリシタンが日本国に入り込む心配は要らぬ）

かの国がイスパニアと交戦している事実も、利勝は知っていた。

（ならば、交易相手としては好都合）

しかも、山田長政は二年前の来訪時に、浅間《せんげん》神社に絵馬を奉納したという。浅間神社は富士山を御神体と仰ぐ神社だ。

（異国に身を置いてはいても、異国の教えには染まっていないものと見える）

まことに結構な話だ。

（上様への目通りを取り次ぐといたすか）

ついでに南蛮の情勢も聞き出したい。イスパニアやオランダは、いつ、日本に攻め込んでくるのか。その用意は進んでいるのか。

利勝の悩みは尽きなかった。

第三章　南蛮の風が吹く

一

山田長政は江戸城本丸御殿において家光と対面した。

幕府は、長政の処遇について少々悩むことになった。シャム王国では三位の官位の貴族で、広大な領地を持つ大名だともいう。

しかし長政は日本では、駿河国の紺屋の子だとも、あるいは関ヶ原合戦の落ち武者の子だとも言われていた。沼津城主の陸尺《りくしゃく》（駕籠かき）だったという説まである。

要するに長政の前歴については、商人説と落ち武者説とがあるわけだが、もしかしたら両方とも正解なのかもしれない。

戦国時代は商人も武器を手にして戦った。農民や商人と、武士との境界が曖昧だ。

秀吉子飼いの大名だった小西行長《こにしゆきなが》は薬屋の子、秀吉の軍師であった黒田如水《くろだじょすい》も、祖父の代までは目薬を売っていたという。

いずれにせよ地下人《じげにん》の身分だ。三位の貴族として処遇するべきなのか、他国へ逃げた落武者の子として処遇するべきなのか、幕閣は迷ってしまったのだが、井上正就の裁断で、三位の大名として遇することになった。井上正就は当然に、シャム王国との通商を重視している。

結果、この会見は井上正就の責任で開かれることとなった。もちろん、井上正就に否やはない。

会見は江戸城表御殿の白書院で行なわれた。広間に毛氈が敷かれ、長政が持参した献上品が披露された。西洋の珍奇な品々を目の前にして家光はたいそう喜んだ。しかし、山田長政とシャム王国に関しては、さしたる興味を示そうとはしなかった。

会見には、本丸年寄の土井利勝も同席していた。三ノ間に襖を背にして座り、瞼を静かに閉ざしている。井上正就には、利勝が何を考えているのかを読み取ることはできなかった。

西洋情勢や南蛮諸国に関心を示さない将軍の代わりに、旺盛な好奇心を見せたのは忠長であった。

駿河太守で駿府城を領有している忠長だが、江戸では北ノ丸に屋敷を構えている。このときは江戸にいて、長政の謁見に立ち会っていた。

「して、山田ノ三位オークヤー殿、貴殿は元和七年（一六二一）、シャム王国の王都、アユタヤに攻め込んでまいったイスパニア勢と二度にわたって戦をし、二度とも赫々たる戦功をあげて退けたと聞いたが、まことか」

突然に忠長が、異様な早口の、甲高い声で質してきた。突然のことであるので長政はすこしばかり面食らった様子であった。

とはいえ長政は、この貴公子が家光の弟で、時期将軍と目《もく》されていることまで知っていた。

（どこで聞きつけたのかは知らぬが、油断のならぬ男だな）などと思いつつ、長政は忠長の顔を一瞥した。

目は細い切れ長の二重瞼で、色白の肌、鼻筋が異様に高く通っている。髭は薄い。徳川家の男たちは皆、丸顔である。家康の特徴である狸顔を継承していた。忠長だけが整った貴族風の顔だちだ。

山田長政も海千山千の策士である。徳川家の内情は調べ尽くしていた。忠長が織田家の血を色濃く継いでいて、信長に瓜二つ、などと噂されていることも知っていた。

（なるほど、これが信長の顔か）

ならばますます油断はできない。長政は恭《うやうや》しく拝跪《はいき》して答えた。

「仰せのとおり、かつては拙者も武士の真似事などいたしておりましたが、今となっては、遠い昔語りにございまする」

すかさず忠長がせっかちに被せてくる。

「ならばその昔語り、このわしに聞かせてはくれぬか。日本国では、紅毛人の軍勢と刃を交えた者など滅多におらぬ」

すると家光も、狸に似た目を見開いて、身を乗り出してきた。

「お、俺も、き、聞きたい」

家光は感情が高ぶると吃音《きつおん》が出る。そして一人称が俺になる。家光は治績からするとそうとう有能な男であったはずなのだが、この吃音症のせいで愚人に見られてしまうことがあった。家光本人も気にしていて、不用意に口を開かぬように注意していたのだが、このときばかりは軍談への興味のほうが勝ったようだ。

将軍とその弟君に迫られては否とは言えない。長政はアユタヤ港の攻防戦について語って聞かせた。家光はかなりの興味を示した様子で、「ち、地図を、描け」などと命じてきて、戦場となった港の地形を絵に描くように迫ってきたほどであった。

「つ、つまり、イ、イスパニアの軍勢を打ち破ったのは、に、日本の浪人どもであった、ということか！」

その浪人を海外に追い払ったのは徳川家であるはずなのだが、その将軍である家光は快哉を叫んだ。

「よ、よくぞ、よくぞ、やった！」

イスパニアは無敵艦隊《アルマダ》を擁した当時世界最強の海軍国である。イギリスのエリザベス一世と海賊ドレイクに敗れはしたが、すぐに海軍力の建て直しに成功した。イギリス海軍がイスパニア海軍に取って代わるには、まだまだ二百年近くの歳月を必要としていたのだ。

イスパニアが世界最強国であるということは、家光や幕閣たちも認識していた。そのイスパニア軍を、シャム王国に雇われた日本人の浪人勢が二度も撃退したのだ。同じ日本人として嬉しくないはずがない。

家光とすれば（浪人勢ごときでも勝てるのだから、徳川幕府が総力をあげれば、必ずイスパニアに勝てるはず）という思いである。

イスパニア勢なにするものぞ。諸大名を率いて進軍し、大勝利を重ねてイスパニア王を退けて、世界の将軍として君臨する己の姿を夢想した。

山田長政は――、顔を上気させ、興奮を隠そうともせず、軍談に聞き入る家光の顔を、冷静に観察しつづけた。

ここまで家光を魅了したのなら、外交交渉は成功したも同然だろう。幕閣の第一人者の土井利勝も素知らぬ様子を取り繕いつつも鋭い視線を向けてくる。イスパニアとの戦を想定し、戦訓を聞き取ろうとしているのは明らかであった。

山田長政の会見を上首尾で終わらせた井上正就は、得意満面の顔つきで西ノ丸御殿に戻ってきた。

その足で、中奥の一室に向かう。

中奥御殿は秀忠の個人的な居館として使われている。大御所の政庁である表御殿と、秀忠の妻子が暮らす奥御殿との中間に置かれている。秀忠の正妻、お江与《えよ》は死に、娘たちは皆独立したので、奥御殿はこの当時ほとんど使われていない。

中奥の座敷に、信十郎が一人で座っていた。井上正就が入っていくと、信十郎は目を向けてきて、訊ねた。

「会見はいかがでしたか」

「上首尾でござったよ」

井上正就がドッカリと腰を下ろす。嬉しさを堪えきれない様子で笑った。

「山田殿の軍談に、上様も北ノ丸様も聞き惚れてござったわ。あの御様子ならば、シャム王国の国書を無碍《むげ》に扱うこともござるまい」

「それはよろしゅうございました」

信十郎は山田長政のために喜んだ。

それにである。

(交易が盛んになれば、闇雲に戦が始まることもなくなろう)

戦で奪い合わずとも、互いに持っている物を交換するだけで利益を得ることができる。こんな素晴らしいことはない。

信十郎の顔つきを読んだのか、井上正就が声をかけてきた。

「波芝殿も上機嫌でござるな」

信十郎は頷いて、今の思いを語って聞かせた。すると井上は「得たり」と膝を叩いて頷いた。

「それがしもまったく同じ思いでござるよ」

そう言って笑ってから、

「それがしなどは、朱印を捺しているだけで、いくらでも賂《まいない》が入ってくるありさまでござってな。骨を折って戦をするよりもよほど都合が宜しい」

などと堂々とのたまった。

あまりに本音をぶちまけすぎである。信十郎が苦笑していると、

「いや、笑い事ではござらぬよ」と、急に慌てた顔つきとなり、

「大御所様も手前も、戦は大の苦手。上様が戦上手であらされるかどうかは、采配を握らせてみなければわからない。いやはや、戦などになったらこの徳川家、どうなることかわかったものではござらん！」

などとつづけた。

いかに年寄とはいえ、こんな暴言が秀忠、家光父子の耳に達したらえらいことになるのでは、と心配したが、しかし、言っていることそのものは、間違ってはいない。大御所を補佐して天下の政治を執らねばならない西ノ丸年寄にとっては、戦ほど困るものはないのだ。

「戦ほど始末に困るものはござらぬのだ」

井上はもう一度言って、首を左右に振った。

「ところで波芝殿。今の日本国で、大戦を起こしかねない者がいるとしたら、それはどなたでござろうかな」

井上正就が信十郎の目を覗き込みながら訊ねてきた。

顔は笑っているけれども、目は笑っていない。西ノ丸年寄にこんな謎かけをされたりしたら、並の大名なら震え上がり、言葉尻を取られないように緊張して答えるものだが、信十郎は呑気な顔つきで首を傾げた。

「……さて？　奥州の伊達《だて》、薩摩の島津《しまづ》……。否、諸大名は皆、牙を抜かれて飼い猫のようになっておられる。左様、世に溢れる浪人衆と、キリシタンが危のうございましょうか」

豊臣の血を引く自分こそが一番危険だという自覚はない。自覚がないから真面目な顔で、首を捻りながら答えた。

井上正就はそんな信十郎を興味深げに見つめていたが、ややあって、「いかにも左様にござろう」と答えた。

「我らにとって、最も恐るべきは浪人衆とキリシタンでござるよ。皆、我ら大公儀に恨みを抱いている」

信十郎も頷いた。井上はつづける。

「なれど、それらの者どもは言わば烏合《うごう》の衆。頭となるべき者がおらねば、せいぜい一揆を起こすぐらいのことしかできぬ」

「ははぁ……」

　蒲生の浪人たちも、主導者を討たれて瞬間に瓦解した。理念をもって計画を立て、集団を指揮する者がいなければ、集団は目的に向かって働くことができなくなる。

　井上は重ねて謎をかけてきた。

「浪人衆やキリシタンを束ねて、大公儀に歯向かえる者がいるとしたら、それはどなただと心得る？」

「さぁて……」

　考えかけて、井上が意味ありげな目を向けているのを見て、鈍感な信十郎もさすがに気づいた。

「せっ、拙者には、そんなつもりはございませぬよ！」

「さぁて、どうだか」

「ほんとうに、そんなつもりはござらぬので……！　拙者に、そ、その気があれば、いつでも秀忠殿を闇討ちにすることができたはず！　秀忠殿の御健在こそが、拙者にその気がないというなによりの証《あかし》となりましょう！」

　焦ってしまってとんでもないことを口にする始末だ。井上は笑った。

「たしかに」

信十郎はホッと胸を撫で下ろした。しかし、井上の表情は晴れない。

「波芝殿に天下を奪う気がないということは、大御所様が誰よりもよく理解しておられる。あの御方は人を見る目だけは確かでござるから」

「……ならば、井上殿は、どなたのことを案じておられるのか。この徳川の世を誰がひっくり返すというのです」

瞬間、井上の目が光った。鋭く信十郎を見据えながら答えた。

「ほかならぬ、徳川の中の者」

「と言うと？」

「まず筆頭は、駿河大納言様でござろうな」

「なんと！」

「彼の御仁には野心がござる。一時、家光公を差し置いて三代将軍にお成りあそばすと噂が広がり……広めたのは大御台様（お江与）でござったが、大納言様ご自身も、その気になられておわした」

「今も、そのつもりでおられると？」

「それはどうかわからぬが、何者かに唆《そその》かされ、何十万もの浪人衆やキリシタンどもが兵として従えば、その気になっても不思議ではござるまいよ」

忠長は我が儘勝手に育てられたお坊っちゃまで、苦労も足りていなければ、失敗したときの恐ろしさも知らない。こういう人間は危ういと、井上は口にしたし、信十郎もそのとおりだと思っている。

井上は暗い目をしてつづけた。

「いずれ、大納言様におかれては、この日ノ本に立つ瀬はなくなろう。あの御仁にいてもらっては困る。我ら年寄衆は、本丸年寄も西ノ丸年寄も、腹の底では皆、そう思っている」

「ではどうすると？　まさか、忠長殿のお命を……？」

戦国時代の遺風を留めるこの時代、人は短絡的な解決手段をすぐにとる。

井上正就は首を横に振った。

「それがしは大御所様に長年お仕えしてまいった。それがし自身の家族より、大御所様のご家族と過ごした日数のほうが長いのだ。大御所様は誰よりも大納言様を愛しておられるし、それがしも、大納言様は可愛い。……畏れ多いことながら、大納言様のことが、我が子も同然に可愛いのでござるよ」

「はぁ……。それでは」

井上は何を言いたいのか。信十は困惑してきた。

井上は淡々とつづけた。

「それがしにはわかる。このままでは、大納言様は必ず殺される」

「殺される？」

「左様。徳川の家とはそういう家だ」

家康も、祖父と父親を家臣に殺された。家康も我が子を殺し、あるいは追放した。温厚な秀忠でさえ、結果として越前の忠直《ただなお》に配流の処分を下したのだ。

「いずれ徳川の家は、上様と大納言様の二手に分かれての決戦となろう」

幕府を動かす年寄がそう言いきるのだ。それなりの確信があってのことなのに違いない。

「その際、大納言様に従うのは、浪人衆とキリシタン……。おぞましい話だ」

信十郎は訊ねた。

「ならば、浪人衆とキリシタンが忠長殿に近づくのを防げばよろしいのではござるまいか」

大軍の兵がつくから、忠長も気が大きくなるのだろう。手足をもいでしまえば忠長とて、暴挙に打って出ることはあるまい。

しかし井上は首を横に振った。

「浪人衆とキリシタンどもめは、大納言様に近づくことができぬとあれば、別の者に身を寄せるであろう。たとえば、尾張の義直《よしなお》殿。あるいは紀伊の頼宣《よりのぶ》殿」

「なるほど、それはいけませぬな」

「そのときは大納言様がいずこに与《くみ》するかで勝敗が決するはずじゃ。いずれにしても、浪人衆とキリシタンどもが巻き上げる戦雲の渦の中に、大納言様が囚われることとなる」

「たしかに」

大納言忠長とは、そういう星の下に生まれてしまった男なのかもしれない、と、信十郎も思った。

「井上殿。日本国の安寧を思えば、浪人衆とキリシタン、そして忠長殿を、どうにかせねばなりませぬな。……しかしまさか、何十万もの浪人衆とキリシタン、それに忠長殿を手にかけることなど、到底できませぬぞ」

「左様じゃ。浪人衆とキリシタンを残らず討ち取るのは難儀。大納言様を討つことなど、お可哀相でお可哀相で、我らにはとてもできぬ」

「しかし、手をこまねいていては秀忠公が苦労して支えた、この天下が覆《くつがえ》る。万民が塗炭《とたん》の苦しみに喘ぐこととなる」

「左様。そこでじゃ。このそれがしが無い智慧を必死に搾《しぼ》ったとお考えなされ」

「何か名案が？」

「いかにも。山田長政殿を見ていて、ハタと思いつき申した。波芝殿――」

井上正就は声をひそめて顔を寄せてきた。

「……大納言様にお供として、浪人衆とキリシタンどもをおつけするという案はいかがか」

「しかし、それでは話が逆しまでは」

「いかにも。そしてもう一度、逆しまにするのでござる。波芝殿、大納言様を将として、浪人衆とキリシタンの軍勢を、西洋に差し向けたらいかがでござろうかな」

「えっ」

「知ってのとおり、高砂はオランダ人の手で制された。高砂の島民はオランダ人の支配を喜ばず、上様に島ごと献上する、島を公儀の封土としてくれ――などと言上してまいったのだ。これをいかに考える」

果たして本気で島民が、徳川の支配を求めているのかと訊かれれば、信十郎は「違う」と答えるだろう。しかし島民はオランダ人の支配を嫌っているはずで、日本人がオランダ人を追い払ってくれたら嬉しい、とは、思っているのに違いないのだ。

西洋と南蛮諸国はたしかに広い。無人の島々が無数に広がっていた。

「日本に居場所のない浪人衆とキリシタンを西洋に住まわせ、忠長殿を西洋の将軍となそうとのお考えでござるか」

「どうであろう。叶うことか、叶わぬことか、西洋を見、南蛮をよく知る波芝殿のお考えを知りたいのだ」

信十郎は迂闊《うかつ》には答えられぬと思った。しかし脳裏には広い広い西洋の風景が広がっている。

覇気を持て余し、意味のない焦燥感に悩まされる忠長の顔と、困窮して絶望した浪人たちの顔つきも、次々と脳裏に浮かんでは消えたのだった。

二

その日の夜、土井利勝は一橋御門内の自邸に戻り、質素な夕食を終えると、一人、座敷に端座して黙考を始めた。

(浪人どもがそれほどの働きをいたすか……)

シャム王国の日本人街に移住して、王室に傭兵として雇われた人数がどれほどであるのかはわからないが、しかし、あのイスパニアの侵攻を二度も撃退するとは只事ではない。

（まこと、頼もしき日ノ本の武士《もののふ》と言うべきだが……）

若い家光や忠長のように喜んでばかりもいられない。

（その浪人どもが、徳川に矛先を向けてきたらどうなる）

杞憂などではない。現に昨年は、蒲生の浪士が密かに江戸に進軍してきた。

（大方、いずこかの大名に使嗾《しそう》されてのことではあろうが）

仙台の伊達、秋田の佐竹、米沢の上杉など、徳川に敵意を抱く外様大名が陰で動いていたのに違いない。と、土井利勝は考えている。

さしもの利勝も、身一つで幽閉されている本多正純に、それほどの力があるとは思ってはいなかった。

（福島正則《ふくしままさのり》のこともある）

キリシタンに理解を示していた福島正則は、日本国のキリシタンたちが武装蜂起した際に、その軍勢を指揮する役目を負っていたのではないのか、そういう密約をキリシタンと、その後ろ楯であったイスパニアと交わしていたのではないのか、という疑念が、いつまでも根強く囁かれつづけていた。

(浪人どもとキリシタンへの対処、おざなりにはしておけぬ)

徳川に敵対した大名や、徳川の脅威となりそうな大名を、土井利勝は容赦なく改易してきた。百姓が田圃の雑草を抜くのと同じだ、と利勝は考えていた。

今の徳川政権はいまだ苗の状態だ。徳川という稲の育成の邪魔になる雑草を取り除いていかないことには、天下太平という豊かな実りを手にすることはできないと、かように利勝は考えていた。

しかし、容赦なく大大名を改易していったせいで、世に浪人が溢れる始末となってしまった。この浪人たちはただの食い詰め者ではない。武器の扱いに長《た》け、戦のやり方まで身につけた屈強の戦士たちだ。そんな連中が群れを成して天下を彷徨《さまよ》い歩いている。

(妖怪どもの百鬼夜行よりも恐ろしい)

妖怪ならば日の出とともに消え失せる。しかし浪人たちは、いつまでも、世を拗《す》ねながら放浪しつづけるだろう。

なんとかせねばならぬ——と、常々頭を悩ませていたのだが、山田長政の来訪によって、問題解決の糸口が浮かび上がってきた。

(浪人どもを、海外に追い飛ばしてしまえばどうだ)

日本は平和になったが、海外はいまだ、戦乱がつづいている。シャム王国のように西域諸国と交戦している国もある。

(浪人どもの稼ぎ口はいくらでもあろう)

外国に追いやってしまえばもう、徳川の大公儀が浪人の面倒を見る必要もなくなる。

(さらにキリシタン……)

日本に置いておいては宗教一揆の火種となり、また、イスパニアやオランダなど、キリスト教国の先兵となりそうな連中も、海外に追いやることができそうだった。

自分にとって不快な存在を全部、身近から追いやってしまって、それで心の安らぎを得るなどと、まるで幼児のような発想だと、利勝自身思わぬでもないのだが、ここは幼児のように単純明快に考えることこそが上策なのだ、とも感じた。

(ならば、そのように運ぶといたすか)

ひとたび方針が定まれば、あとはいくらでも策が湧いてくる。それが土井利勝の智囊だ。利勝は書面に何事かしたためては塗りつぶし、あるいは握り潰し、また書き直した。

飽きもせず、というか嬉々としていつまでも、秘策を練りつづけたのであった。

三

服部庄左衛門《はっとりしょうざえもん》の太物屋《ふとものや》、『渥美屋《あつみや》』は、鉄砲洲の東海道に面した街道筋に店を構えている。

太物とは太い糸で編まれている布地、つまり綿布のことである。細い絹糸で編まれた絹布の反意語としてできた言葉だ。

三河国は室町時代の末期から綿花の産地として栄えてきた。家康の覇業を支えていたのは木綿産業から生まれる膨大な利潤であったともいえるのだ。

庄左衛門の服部家は、木綿商いと伊勢湾の通運を稼業としてきた。担ぎ売りの行商人を全国に放ち、商いをすると同時に、諸国の情報を集めたのだ。「忍びが本業であったのか、それとも木綿商いが本業であったのか、よくわからぬ家でございますわい」とは、庄左衛門本人の弁である。

服部家の本宗家は伊賀のチガチという場所にあった。〝服の部〟とは、皇室に衣服をつくって収める部民（皇室の領民）のことであろう。ハットリとは機織りの訛伝《かでん》だと思われる。服部家の祖は機織り技術をもって日本に来た渡来人であったともいう。

いずれにしても、織物には縁の深い家なのだ。

遙々高砂にまで出張《でば》っていた信十郎は、久方ぶりに庄左衛門の太物屋に戻った。

この世に生を受けてからずっと、漂泊に近い暮らしをしてきた信十郎には、自分の家と呼べる場所がどこにもない。菊池ノ里ですら客人扱いをされていた、というのが実感だった。

それなのに、渥美屋の店先が見えると同時に、なんとなく（帰って来た）という気分になった。

（キリと稗丸《ひえまる》が待っているからであろう）

妻と子がそこにいる、というだけで、そこが帰るべき場所になる。信十郎には、それがなにやら不思議であった。

そのとき、幼児がワァワァと喚きながら走り出てきた。四歳（満年齢なら三歳）ほどの童が褌と腹掛けだけの姿で走っている。

そのあとを追って、もうすこし年嵩《としかさ》で、背丈も大きな子供が走り出てきた。こちらはきちんと小袖を着けていた。

「ああ……」と信十郎は、溜め息とも歓声ともつかない声を、喉から漏らした。

（稗丸と蜘蛛若《くもわか》であろう）

一人は自分の子。もう一人は鬼蜘蛛の子だ。

いくら遠くからとはいえ、自分の子を見て（であろう）とは随分な物言いだと思わぬでもなかったのだが、信十郎にとって我が子とは、あまりにも不可解な存在であった。

東海道には多くの旅人や武士、商人たちが歩いていたが、稗丸はまったく物怖《お》じをする様子もなく走ってきた。キャラキャラと甲高い声をあげて笑っている。よほどに機嫌がよい様子だ。

蜘蛛若のほうは父の鬼蜘蛛から、稗丸のお守りをきつく言いつけられているのだろう。幼児ながらに大人びた顔つきで追いかけている。稗丸はそんな蜘蛛若との追いかけっこが楽しくてならない様子だ。旅人たちの足元をすり抜け、信十郎のほうに走ってきた。

そして、信十郎と真っ向から鉢合わせをしてしまった。

稗丸は心底から驚いた顔つきで、信十郎を見上げた。そしてそのままの格好で固まってしまった。

固まってしまったのは信十郎も同じだ。父と子は互いに見つめ合ったまま、呆然と立ち尽くした。

「あっ」と気づいたのは蜘蛛若である。

「菊池彦様」

信十郎は蜘蛛若に顔を向けた。

「多くの者たちが歩いておる。その名を出すのはよくないな」

鬼蜘蛛の子に対しては、普通に言葉をかけることができた。信十郎はなにやらますます訝しい気分になった。

「はっ、申し訳ございませぬ」

蜘蛛若はまたしても、大人びた顔つきで応えた。

信十郎は渥美屋に向かう。稗丸が蜘蛛若に手を引かれながらつづいた。

渥美屋の店先はずいぶんと繁盛している様子であった。江戸にはさまざまな階層の人々が流入しつづけている。着物の生地は引く手あまただ。

接客をする番頭や手代、倉から反物を運び出してくる小僧などは、すべて伊賀の忍び、あるいはその裔《すえ》だ。しかしすっかり平和に慣れて、お店者そのものになりきっていた。

商売の邪魔をしては悪いし、客に向かって愛想笑いなどできない。信十郎は店の横を通って裏庭に向かった。

渥美屋の裏手には離れの座敷が建っている。信十郎が裏庭に踏み込むと、離れの裏からミヨシが走り出てきた。

「やっぱり」

信十郎の姿を認めると、真っ白な歯を見せて朗らかに笑った。久闊《きゅうかつ》の挨拶もない。一児の母になったというのにいつまでも若々しい、というか、娘染みて見える。

信十郎は聞き返した、

「何が〝やっぱり〟なのだ」

「キリ様が、『菊池彦様がお戻りになったから見てこい』と仰ったのです」

相も変わらず勘の鋭い服部半蔵《はんぞう》三代目と言うべきか。

(稗丸を一人で外に遊ばせておいても、攫《さら》われる心配はなさそうだが)

などと考えながら離れ座敷に向かった。

縁側に腰を下ろし、草鞋と足袋を脱いでいると、ミヨシが小桶を抱えてやってきた。

信十郎の足の汚れを丁寧に洗って拭った。

信十郎は障子を開けて座敷に入った。文机の前に座っていたキリが顔を上げて目を向けてきた。

「帰ったか」

夫の帰宅だというのに、随分と無愛想だが、それは初めて会ったときからなので、別になんとも思わない。しかし、なにやら急に貫禄を増したような、恰幅がよくなったような妻を見つめて、信十郎はすこし、反応に困ってしまった。

父と母の様子を、稗丸が襖の陰からチラチラと覗き込んでいる。父を恐れているのか母を恐れているのか、座敷に入ってこようとはしない。どう見ても普通の家族には見えないありさまだ、と信十郎は思った。

「何をしておる。座れ」

言われるまでもなく座る。そこへ慌ただしげに、庄左衛門がやってきた。

「これは信十郎君、お戻りでございましたか」

服部庄左衛門はキリを主君の姫君として仰いでいる。信十郎はその婿であると同時に菊池一族の長だ。南朝方の服部一族にとって、菊池彦は大層な大立者なのであった。

「このたびは遙々と南蛮の諸国をへ巡ってまいられたとか」

庄左衛門が腰を下ろすと同時に、稗丸が飛び込んできた。庄左衛門の胡座の上にチョコンと座ってしまう。うってかわっての上機嫌でキャラキャラと笑った。

庄左衛門も蕩けるような笑顔を見せる。まるっきり孫煩悩の祖父といったありさまだ。信十郎はますますどうしたらいいのかわからなくなってしまった。
キリは能面のような顔を庄左衛門に向けた。
「稗丸と遊んでやってくれ」
庄左衛門は「はいはい」と答えて、「さぁ、稗丸様、爺めと遊んでくださいませ」
などと言いながら、稗丸の手を引いて出ていった。
信十郎としては、我が目と我が耳を疑うような光景だ。とにかく何か言わねばなる
まいと思って、
「稗丸は、庄左衛門殿に懐《なつ》いておるのだな」とだけ言った。
キリは、それが当然だという顔つきで頷いた。
「オレにはあまり懐いておらぬが、庄左衛門には心を許しておるようだ」
信十郎は「うむ」と頷いた。
「子供というものは、よくわからぬ」
キリが即座に反応する。
「オレにもよくわからぬ。……よくよく考えてみたのだが、オレには父の思い出も、
母の思い出もない。父や母から何もされておらぬから、我が子にも何をしたらよいの
かがわからぬのであろう」

キリの言葉は思いがけぬ鋭さで、信十郎の心を刺した。

そうとは思わぬキリは、淡々とつづけた。

「庄左衛門にはまともな父母もおったし、我が子も育てた。人の子の扱いには馴れておる。稗丸は正直だ。誰を頼りとするべきか、直ぐに見抜いたのであろう」

「わしは頼りにならぬ父か」

「頼りにならぬ夫だからな」

信十郎はガックリと肩を落とした。

「辛辣な物言いをする」

秀忠を含めて他人からは、やたらと頼りにされてばかりいるのに、妻や子からは、そうは思われていなかったようだ。

「ところで信十郎」

キリが居住まいと顔つきを変えて訊ねてきた。

「稗丸だが、どう育てる気だ」

「どう、とは？」

「鈍いヤツだな。菊池ノ里で菊池彦の跡取りとして育てるのか、それとも服部の手で、服部半蔵の子として育てるのか、と訊いておるのだ。……まさかとは思うが、豊臣の子として育てるつもりではなかろうな」

「まさか」と反射的に口では答えたのだが、頭の中は俄かに混乱をきたしてきた。

（たしかに、そろそろ今後を考えねばならぬな……）

別段、おざなりにしてきたわけではない。稗丸をどう育てるべきなのかなど、まったく考えていなかったのだ。

（困った父親だ）

信十郎は自己嫌悪に陥った。

「ところで」

信十郎はキリに訊ねた。

「鬼蜘蛛は、どこへ行っておるのだ」

キリはますます呆れた顔をした。

「菊池ノ里だ」

「菊池ノ里？　なにゆえ」

「なにゆえと申して……、信十郎が稗丸をどう育てたいのかが、わからぬからであろうが。信十郎は菊池ノ里から八分にされておる。これでは稗丸を菊池彦としては育てられぬ」

鬼蜘蛛が信十郎と菊池ノ里の仲裁のために走り回っていることは理解したが、しかし、正直なところそれをありがたいと感じることはなかった。菊池ノ里に暮らす人々には愛着があったが、菊池彦という立場にはまったく執着していない。逆に、そんな重荷を背負わされるのは真っ平だとまで考えていたほどなのだ。

いつもふざけているように見えて実は生真面目な鬼蜘蛛だ、誠心誠意問題解決に当たっているはずだが、それはありがた迷惑にも感じられることであったのだ。

四

鉄砲洲の東には江戸湾の干潟が広がっている。海を挟んですぐ先に、八丁堀の突堤が伸びていた。

八丁堀とは八丁の長さを持つ船入り（水路）のことで、突堤によって横波を防いでいる。この突堤の両脇に、潮の流れで運ばれてきた土砂が堆積して、江戸の中期には町奉行所の組屋敷が建ち並ぶ陸地となるのだが、この頃はまだ葦原の広がる低湿地であった。

その湿地帯に徳川幕府は寺院を集めた。八丁堀は江戸初期には寺町でもあったのだ。

八丁堀の湿地帯には、夜毎に濃霧が湧き上がる。真っ白な霧の向こうに寺院の伽藍《がらん》や塔の影が浮かび上がっていた。

霧の中にポツリと明かりが灯っている。明かりは左右に揺れながら、寺院の境内に入ってきた。

大津彦はその明かり——手にした提灯を高く掲げた。

「江戸の町は、今が盛りの花咲く都じゃと聞いたが、寺町は寂しいものじゃのう」

町人地とは違って人の気配がない。僧侶たちは皆、朝が早いから宿坊に戻って寝静まっている。

寺町の周囲には墓地が広がっていた。墓標が不気味に林立している。墓を建立してもらえる者はまだしも幸せだ。湿地の中に投げ捨てられた無縁仏もあったのだ。

大津彦は気味悪そうに視線を周囲に走らせた。手にした提灯を突き出してみる。

(何者かに見られているようだが……？)

成仏できない死霊であろうか。

否、それならばまだよい、と大津彦は考えた。生きている人間に見張られているのだとしたら、あるいは命に関わる大事となりかねない。

そのとき、境内に立てられた塔頭《たっちゅう》の扉が、ギイッと軋みながら開いた。塔頭とは大寺院に付属する子院のことである。本尊の眷属《けんぞく》（仏の家来の仏や天）などを祀っている。

開いた扉から一人の尼僧が顔を出した。大津彦はすかさず拝跪したが、尼僧の目には、大津彦の恐懼する様は見えなかったに違いない。

「西郷小四郎殿……。こちらへお渡りあれ」

尼僧が誘う。大津彦は急いで歩み寄った。

「お久しゅうござる、蓮青尼《れんしょうに》殿」

蓮青尼は黙って黙礼を返しただけだ。「これへ……」と言って、大津彦が座るべき場所を指し示すと、すぐに奥へと引っ込んでしまった。

大津彦は示された場所に座った。

正面には須弥壇《しゅみだん》があり、香炉が置かれていた。香炉は濃い紫色の煙を立ちのぼらせている。そのせいで塔頭の中全体が煙って見えた。

須弥壇には本尊は置かれていない。代わりに御簾《みす》が下ろされていたのだが、御簾の向こうに人の気配は感じられなかった。

奥の杉戸が開いた。舞楽面で素顔を隠した女が、静々と入ってきた。

（宝台院《ほうだいいん》様だ……！）

大津彦は怖《お》じ気《け》をふるって平伏した。額が床に着くほど低く低頭したのだ。

「江戸までの長旅、ご苦労であったな、大津彦殿」

宝台院が須弥壇と御簾を背にして立ち、言い放ってきた。

大津彦は声を震わせて答えた。

「ほっ……宝台院様の仰せとあればこの西郷小四郎、千里の道をものともせずに駆けつけてまいりまする……ッ」

宝台院は「ふむ」と素っ気なく頷いた。

「千里の彼方と申せば……、南蛮の情勢はどうなっておる」

大津彦は「ハッ」と平伏して、ここを先途《せんど》とばかりに言上した。

「南蛮諸国との交易に乗り出せば、いかほどにも利が得られようかと思われまする！南蛮は、宝の島にございまするぞ！」

勢い込んで報告した大津彦を、宝台院は暫し無言で見おろした。大津彦は（御意に沿わぬことを言ってしまったか）と不安になって、チラチラと宝台院の顔を見上げたのだが、面を被った宝台院の表情をかいま見ることはできなかった。

「宝台院様！」

大津彦はズイッと膝を滑らせた。

「この西郷小四郎に万事お任せくだされ！　拙者、長崎奉行所代官の末次平蔵殿とも昵懇の間柄！　菊池一族をあげて交易に乗り出し、いかようにも利をあげてご覧に入れましょう！　南蛮の島々と諸国に南朝の王国を打ち立ててご覧に入れまする！」

「ふん。以前にも似たようなことを申しておった者がいたわ」

「は……？」

「もっともその者は我らを裏切り、北朝の偽帝より関白の位など授けられて喜んでおったのだがな」

ようやく、誰のことを指しているのか覚った大津彦は、ニンマリと笑って頷いた。

「唐《から》入りの散々なしくじりは、南朝を裏切った罰《ばち》にございましょう」

たしかに、海賊衆（海上の武装勢力）や物資の輸送を担う〝道々《みちみち》の輩〟は南朝に帰依している。南朝を裏切った時点で秀吉の海外侵攻は、失敗が決定づけられたようなものだったのだ。

「その点、我ら菊池一族は南朝への帰依ますます深こうございまする。秀吉の子も追放いたし、ご案じなさることなど何一つったりともございませぬ」

宝台院はすこし、呆れたような口調で言い返した。

「イスパニアやオランダ、それに明国など、油断のならぬ大敵はいくらでもおろうが」

菊池一族と南朝勢力が海外に打って出れば、当然それらの大国と利害が衝突する。海上航路や港を巡って大戦となるはずだ。

しかし大津彦という男は、自分にとって都合の悪いことはあえて考えようとしないか、あるいは極端に過小評価する性格であるらしかった。

宝台院は片手を振った。

「もうよい。大義であった。詳しい話は蓮青尼が聞く。蓮青尼に話してから帰るがよい」

とっとと消えろ、と言わんばかりの物言いだが、大津彦は自分の献言がすでに通ったような顔つきで、恭しげに低頭した。

「それでは御免蒙りまする。我ら菊池一族、宝台院様の御為とあらば水火も厭わずに働きまする。なにとぞ宝台院様におかれましては、お心を強くお持ちくださいますよう……」

南朝勢力の大物にでもなったつもりでいるらしい。

宝台院に言わせれば「何を言っているのだ、こやつは」という話だが、大津彦は勝手に満足して、下がって行った。

大津彦が塔頭を出てからしばらくして、御簾の奥に火が灯った。南朝皇帝の影が浮かび上がる。

「今の男……、新たな菊池彦として据えるには、すこしばかり格と重みが足りぬようじゃな」

宝台院は「ハッ」と答えて影に向かって平伏した。

「御意にございまする。利には至って聡い男にございまするが、要はただそれだけの人物かと」

「うむ」

「商家の番頭でも務めさせれば立派に店を守り立てましょうけれども……、しかしながらとてものこと、一族の長は務まりませぬ」

南朝皇帝はしばらくのあいだ黙り込んだ。宝台院はその影を見つめながら、返事を待った。

南朝皇帝は幾歳とも知れぬ高齢だったが、昨今俄かに衰えてきたようにも見える。御簾に映った影が小さく感じられるようになってきた。

その影がゆっくりと伸びた。背筋を伸ばして座り直したようだ。

「……やはり、あの男しかおらぬか」

ポツリと呟く。宝台院は舞楽面ごと首を傾げさせた。

「あの男、との仰せにございまするか」

「左様、あの男よ。太閤の遺児。我ら南朝の力で天下人にまで祭り上げられておきながら、我らを裏切った秀吉の子だ」

宝台院の首のあたりがヒクリと震えた。感情を押し殺した冷たい声音《こわね》で答えた。

「なれど、あの者は菊池ノ里より追い出され……、今は寄る辺なき身……」

「それはほかならぬそなたが菊池ノ里を襲わせたからであろう。そして大津彦を操って、菊池彦を追い落とすように仕向けたからではないか」

南朝皇帝は宝台院の策謀のすべてを見抜いていたようだ。

「菊池一族も、秀忠の生母たるそなたの命には逆らえぬ。ゆえに菊池彦を追い落としはしたが、しかし、代わりの族長があの大津彦ではたまるまい。菊池ノ里の者どもは菊池彦が戻るのを待ちかねておる、とも耳にいたしたぞ」

「左様な話も、あるようにはございまするな」

宝台院の声音はあくまでも冷たい。南朝皇帝の仰せでも、これればかりは同意しかねる、といった様子だ。

南朝皇帝は宝台院の意向などには関心もないのか、言いたいことだけを語りつづけた。

「今、この日本国を異国《とつくに》の者どもが虎視眈々と狙っておる。日ノ本の臣民でありながら異国の邪教に帰依する者も多い。南朝の者同士で角をつき合わせておる場合ではないぞ」

「仰せのとおりにございましょう」

「異国の魔手より日本国を守る防塁となりうるのは九州しかあるまいが、薩摩の島津は源頼朝の子孫を自任しておる。我ら南朝にはとうてい帰依《きえ》するまい。北九州の諸国はキリシタンどもの勢力がいやましとなっておる。頼りとなるのは肥後の加藤と菊池ノ里の者どもだけじゃ」

宝台院は無言で首《こうべ》を垂れた。南朝皇帝がつづける。

「菊池彦が里に戻れるように計ってやれ」

「大津彦めがよい顔をいたしますまいが」

「あの男が何を言おうが知ったことではないわ。頭ごなしに命じればよい。あの男にそなたの命に逆らう度胸などあるはずがなかろう」

「しかし、菊池彦めの心底は、この妾《わらわ》にもいま一つ、量り知れませぬ」

「ならば、会って確かめるがよい」

言いたいことは言い終えたとばかりに、御簾の奥の明かりが消えた。宝台院は無言で佇んでから、仕方なさそうに低頭した。

五

家光の乳母、斉藤福《さいとうふく》はこの頃、大奥制度の構築に精根を傾けていた。江戸城御殿の奥に選りすぐりの美女を集めて家光を誘い込む。できることなら大奥に押し籠めにして、日夜、子作りに励んでもらいたいところであった。

失笑ものの構想ではあるが斉藤福は大真面目だし、必死だ。なにしろ家光という男、同性にしか興味を示さないという、異常性欲者だったのである。このままでは絶対に子は授からない。するとどうなるのか。

（あの忠長めが、次の将軍となるのだわ！）

それだけは絶対に避けなければならなかった。斉藤福は家光を将軍にするためならばいかなる策謀をも厭わなかった。何度も忠長に煮え湯を飲ませてきたのである。

（忠長めは妾に恨み骨髄。四代将軍となった暁には、妾と斉藤家、あるいは稲葉家に、凄まじい復讐を果たそうとするはずじゃ）

斉藤家は福の実家。稲葉家は婚家で、斉藤福が生んだ子たちは幕府で重きを成そうとしている。

このまま家光とその子孫による天下がつづけば、斉藤家も稲葉家も万々歳であるのだが、忠長の天下になれば急転直下、千尋の谷底に突き落とされることになる。

（そうはさせてなるものか）と、斉藤福は、鬼婆のような形相で歯を食いしばった。

（上様にはなんとしても、子を生《な》してもらわねばならぬ）

さもなくば、

（忠長めを亡き者にするよりほかにない）

とまで斉藤福は思い極めていた。

昼下がり、斉藤福は長局《ながつぼね》で暫時、休息を取っていた。

野望と負けん気とで満腔が膨れ上がったような女であったが、やはり、歳には勝てない。最近ではめっきり、疲れやすくなってきた。

お江与という宿敵を失ったことも大きい。忠長はお江与という後ろ楯を失くした。

もはや家光に対して、真っ正面から挑戦してくる力はない。

そう思えば気合も抜ける。安心すると同時に、なにやら脱力しきってしまった斉藤福なのであった。

庭に面した障子が眩しく輝いている。何者かの影がチラリと映った。庭の掃除をいいつけられた小者であろう、お福は気にもかけなかった。

その影が、ボソリと喋った。

「申し上げます」

低い、聞き取りづらい声音だ。お福は問い返した。

「庭ノ番の者か」

影は「いかにも」と答えて、その場で蹲踞《そんきょ》した。

お福は障子に身を寄せると、わずかに隙間を開けて、外に目をやった。

箒を手にした男が行儀よく頭を垂れている。城仕えの者がお仕着せで与えられている小袖と袴を着けていた。揃いの着物を着せられているのは、外部からの侵入者があったときに、一目で判別できるようにするためだ。

大奥とはいえ、必ずしも男が入れぬわけではない。力仕事は男の手を借りねばならないこともある。江戸の全期を通じて大奥には、御広敷番《おひろしきばん》という男の役人が詰めていた。「大奥は男子禁制」というのは、厳密に言えば間違っている。

「何用か」

お福は小声で訊ねた。

箒を手にした小者は、顔を伏せたまま短く答えた。

「駿河大納言様、シャム王国よりの使節を自邸に招いてご引見、その場には加藤肥後守様もご同席なさっておられるとの由、寛永寺貫主よりお局様への一報にございまする」

寛永寺貫主とは天海のこと。とすればこの小者は、天海配下の山忍びであろう。天海は日光山を我が物とし、山岳信仰の地に、古《いにしえ》から盤踞《ばんきょ》する忍びたちを配下に収めていた。

「大納言様から目を離すべきではない、との、ご伝言にございました」

「あいわかった」

斉藤福は障子の隙間をピシャリと閉ざした。

「貫主様には、よしなに伝えてたも」

黒い影の気配が消える。斉藤福は硯箱を引き寄せて、己が三男、正利《まさとし》宛に一筆したためはじめた。

斉藤福は、長子の正勝《まさかつ》を家光に近仕させ、三男の正利を忠長に近仕させていた。万が一、忠長が家光を押し退けて将軍職に就いた場合にも、己の血筋が絶えることのないようにとの配慮で、どちらに転んでもどちらかの子が栄達できるように図っていたのだ。

正利は忠長の動きを探るための密偵のような働きまでさせられている。陰謀好きな母親を持った正利の苦労は只事ではなかったに違いない。

六

忠長の屋敷は江戸城内の北ノ丸にあった。駿河大納言家の格に相応しい豪華な御殿を構えている。

忠長の御座所は金箔貼りの書院で巨大な床ノ間を背景としていたが、この日の忠長は上座ではなく、一段下りた二ノ間に席を作っていた。本日の客はシャム王国の貴族である――ということで、対等の席を用意したのだ。

恐縮する山田長政に対し、忠長は、終始上機嫌で対応した。

「山田殿は駿河の生まれと聞いた。今、駿河はわしの領国となっておる」

「はは」

「山田殿は駿河浅間神社に帰依しておるそうじゃな。絵馬奉納のこと、耳にいたした。わしも駿府にあるときには、毎日富士を仰いで手を合わせておるぞ」

同じ神様を信仰する信者となれば、おのずから心安くなるものだ。少なくとも忠長は山田長政に心を許しきっている。

「貴殿は真《まこと》の武士である。イスパニアを敵に回しての働き、感じ入った！」

手放しでの称賛を繰りかえした。

山田長政は苦労人の流れ者であり、南シナ海を舞台にした熾烈な経済競争を勝ち抜いた商人であり、荒くれ者揃いの浪人衆を纏めあげた傭兵隊長でもあり、それらを率いて戦い抜いた猛将でもあった。忠長や家光のような、開けっ広げで裏も表もない称賛に対しては、かえって困惑することもあったはずだ。

しかし長政はシャム王国の貴族でもあり、世間知らずな王子たちの奇行も見慣れていたので、（まあ、似たような貴種なのだろう）と納得した様子でもあった。

「過分なお褒めに与《あずか》りまして、恐縮至極にございまする。ですが、大納言様のお祖父様にあらせられます東照神君様の御偉業にくらべれば、それがしなど児戯に等しきものかと存じまする」

適当に煽《おだ》てあげると忠長は「うむうむ」と満足そうに鼻を広げて頷いた。

「なれど山田殿。わしは東照神君様よりも、織田信長公のほうが、一段と偉い男だと思っておるぞ」

「いかにも大納言様には織田様の血筋も引かれておいでにございます。お噂では、信長公に生き写しとか」

商人らしい物怖じのなさで煽てつづける。忠長はますます頬の色を上気させた。

「わしも、大伯父の信長公のようにありたいと、常々思っておるのだ」

「大納言様ほどの御器量がございますれば、信長公を越えることも、いずれは叶いましょう」

適当に調子を合わせていると、突然に忠長の顔色が曇った。

「それはどうであろうか」

「いかがなされましたか」

「いかにわしに器量があろうとも、器量を発揮する場がなければどうにもならぬわ」

自分に器量があることを前提にした物言いには恐れ入るが、たしかに、忠長の世代の若者にとっては、「戦の場がない」というのは深刻な悩みでもあった。

「我ならば槍一筋の働きで一国一城の主となってみせる」だの「馬上天下を掠めてみ

せる」などと思い上がっているわけで、戦あれかしと日夜祈念しているわけでもある。千軍万場の山田長政の目から見ればこんな若造、傭兵部隊の二千人もあれば、あっと言う間に首をあげてみせよう、という話なのだが、それはさておき、

「大納言様のような英傑が徳川家を脇で支えているからこそ、この日ノ本は安寧なのでございます」

とかなんとか、お追従《ついしょう》を口にした。

忠長は、何を思ったのか、遠い目をして、欄間のあたりに顔を向けた。

「島津薩摩守や、加藤肥後守は、江戸参府の行き帰りに、駿府城に挨拶のために訪れてまいる。西国のよもやま話などいたすのだが――」

参勤交代の制度はいまだ定まっていなかったが、大名たちは徳川家への忠誠を示すため江戸にやってくる。西国の大名が行き帰りに使うのは東海道だ。忠長は次期将軍と目《もく》されている男である。当然大名たちは、忠長の許に挨拶に出向いた。

駿府城はさながらもう一つの幕府のようであり、忠長はもう一人の将軍のようであった。忠長にとってはかえって剣呑な事態であったはずなのだが、他人に気をつかうことなく育ってしまった忠長は、兄の家光や江戸の幕閣たちが自分をどう見ているのか、などとは、まったく考えようとはしなかった。

「聞けば、西国の者どもは、武士も町人も、こぞって海の向こうに出向いておるようだな」

　山田長政は頷いた。

「海に関所はございませぬから、往来は勝手にございまする」

「そして山田殿のように、日本人でありながら異国の武将となり、大名となる者も現われるわけだな」

「いかにも左様にございまする」

「面白い！」

　忠長は「フンッ」と鼻息を噴いた。

「このわしも、異国の将軍となり、異国に幕府を開いてみたいものじゃ！」

　苦労人の山田長政からすれば「寝言は寝てから言え」という話なのだが、忠長はまったくの本気である。

　忠長は、三ノ間に控えた加藤忠広《かとうただひろ》に目を向けた。

「肥後守殿は加藤清正《きよまさ》殿が継嗣。異国の戦には心引かれよう」

　肥後守忠広は、清正の子とも思えぬようなオドオドとした態度で、ぎこちなく低頭した。

忠長はつづける。

「加藤殿の御家には、東照神君様より、朱印状が下げられておったはず。朱印船の交易で莫大な富を得ておると耳にしておるぞ」

「お、恐れ入り……」

加藤忠広は汗顔を伏せて、聞き取りにくい小声で何事か挨拶した。

山田長政は、「肥後守様の御朱印船には、手前も交易の品を納めさせていただいております」などと言った。

加藤忠広は露骨に動揺して、「余計なことを言うな！」という顔をした。外様大名があまりに富んでいると、徳川家から目をつけられてさまざまな嫌がらせを受ける。

しかし忠長は聞いてもいない。目を輝かせて視線を遠くに向けている。脳裏には西洋の、眩い海原が広がっているようだ。

「わしが南蛮に打って出る際には、左様、肥後守殿には先鋒を引き受けてもらうとしようか」

忠長がそう言うと、加藤忠広は「は？」と、間抜けヅラを晒して聞き返した。加藤忠広でなくとも、「いったいこの人は何を言っているのだ」と考え込んでしまう場面だ。

忠長は構わずにつづける。

「左様、次鋒は島津薩摩守に任せよう」

勝手に決めつけると、今度は山田長政に笑顔を向けた。

「山田殿には我が本陣にあって、献策をしてもらうとしようか。左様、軍師よ。日ノ本の武士は南蛮の戦には疎《うと》い。ここは是非とも、山田殿の智慧が要りようだ」

長政は「恐れ入ります」と低頭した。

「手前のような非才の者を、そこまで買ってくださるとは。身に余る光栄にございまする」

とかなんとか、しれっとした顔つきで調子を合わせてくるのは、さすがに商人。そしてシャム王国の宮廷貴族ならではであろうか。加藤忠広とは役者が違うと言わざるをえない。

いつの間にやら忠長は、海外派遣軍の大将気取りになっている。長政に南洋の地理を語らせ、諸国の攻略法など、加藤忠広を引きずり込んで献策させた。

そのありさまを下座から、大勢の家臣たちが見つめている。斉藤福の密偵でもある稲葉正利もいれば、おそらく、土井利勝の息がかかった者たちも、大勢混じっていたことであろう。

忠長はいい気になって、己の危険な野心をそれらの者たちの目の前に晒しつづけたのだ。

山田長政は予想以上に好意的に歓待され、徳川の重臣や大名たちとも歓談したのち、江戸城をあとにした。井上正就の口からシャム王国との通商を許可する旨、耳打ちまでされたのであった。

第四章　再び、菊池ノ里

一

徳川家との交渉を上首尾に終えた山田長政が西へ旅立って行った頃、入れ代わりになるようにして、鬼蜘蛛が菊池ノ里から戻ってきた。

迎えに出たミヨシが、パッと表情を綻ばせた。

「百舌助《もずすけ》じゃないか！」

菊池ノ里では姉弟のように育った若者が、鬼蜘蛛の後ろに従っていた。

ミヨシが喜んだのは、幼なじみに再会できたという、単純な喜びからではない。もちろんそれも嬉しかったのだが、

「あんたが来たってことは、大長老様のお許しが出たってことだね！」

里の者が菊池彦の許に送られてきたのだ。大長老や長老衆の許しがあってのことだろう。つまりは、菊池彦・信十郎の八分が解けたということを意味していた。

百舌助は困惑したような顔つきとなり、旅塵にまみれて真っ白になった頭を掻いた。

「オイラにもよくわからん。けど、急に、里の空気が変わったんだ。長老たちの信十郎への態度が一変したのだという」

鬼蜘蛛が胸を張って大笑した。

「わしの説得が功を奏した、いうこっちゃな！」

鬼蜘蛛は得意満面であったが、百舌助とミヨシは疑わしそうに鬼蜘蛛を見た。

百舌助はミヨシに視線を戻した。

「とにかく……、菊池彦様に挨拶をさせてくれ。大長老様からの文も預かってきてるんだ」

「わかった。離れのお座敷にいるよ」

百舌助はまたも、困惑顔で頭を掻いた。

「服部の姫も一緒かい？　オイラ、あの姫はちょっと苦手さ」

「どうして」

「怖いじゃないか」

「ちっとも」

「微塵の隙も見せないし」

「隙だらけで、油断だらけで、笑えるしくじりばかりしているお人だよ」

「…………」

百舌助は首を傾げた。鬼蜘蛛が百舌助の背中を押した。

「立ち話ではなんや。いいからついて来いや」

鬼蜘蛛は勝手知ったる顔つきで渥美屋の暖簾をくぐった。

「今、戻ったでぇ」

渥美屋の家の者のような顔つきだ。伊賀の忍びたちも「これは手代さん、長旅ご苦労さまでした」などと調子を合わせた。

以前は山伏のような格好で諸国を渡り歩いていた鬼蜘蛛も、昨今は商人の姿で旅している。それだけ日本国が平和になり、大勢の商人が旅をできるようになった、ということでもある。

鬼蜘蛛と百舌助は離れ座敷に通されたのだが、離れ座敷を掃除するのはミヨシの仕事だ。ギャアギャアと喚《わめ》かれながら旅塵にまみれだ着物を着替えさせられ、手足も綺麗に洗うように命じられた。

百舌助は鬼蜘蛛に向かって「どうしてあんな口うるさい女を嫁にしたのか」と真顔で訊ねて、鬼蜘蛛にゲンコツで殴られた。

信十郎とキリは座敷で二人を迎えた。キリはいつもの無表情だ。菊池ノ里の者に対してどんな感情を抱いているのか、信十郎にも測りかねた。


「喜んでくれ、信十郎」

離れ座敷に上がり込むなり鬼蜘蛛が抱きつかんばかりにして言った。

「わしの説得が功を奏したで！　里のモンたちは皆、信十郎の帰るのを心待ちにしている、と言ってくれた！」

鬼蜘蛛は感情の昂《たかぶ》りやすい性格である。目には涙を溜めている。

「嬉しいやないか！　里のモンたちはやっぱり、菊池彦がおらんではどうにもならんと思うとったんや」

ついに鬼蜘蛛は「ヨヨヨ……」と泣き崩れて、腕で目元をゴシゴシと擦った。

そんな鬼蜘蛛を信十郎は、困惑したような、微妙な顔つきで見つめている。

「菊池彦様！」

百舌助が畳に両手をつき、ガバッと平伏しながら訴えてきた。

「なにとぞ、里にお戻りください！　菊池彦様が離れられたのちの里は、長老たちが好き勝手に若い者たちを引き抜いては、手前勝手に働かせております！　大長老様はもはやお歳で気力も乏しく……」

里の様子がなにやら目に浮かぶようである。

鬼蜘蛛が苦々しげに口を挟む。

「大津彦のような成り上がりモンどもが、私欲のために菊池一族の力を使ぅとるんや。菊池のモンたちが哀れでならんわ！」

そうだろうか、と、信十郎は思った。

大津彦が私欲のために動いているのは確かだろう。しかしそれで菊池一族が豊かに、幸せになれるのならば結構な話だ。

（俺は、欲が乏しいのかもしれない）

信十郎は自分でもそう自覚している。

だから自分は里に何もしてやれない。里の者たちが信十郎についてきたとしても、信十郎は彼らに扶持《ふち》もやれないし、金を払うこともできない。

（大津彦に任せておいたほうが、里の者は幸せになれるのではないか）

などと考えた。

信十郎は徳川秀忠と親しくしている。信十郎の正体を知る者たちの目には、これが奇異に映るらしい。秀忠は豊臣家を滅亡させた張本人だ。信十郎の兄の秀頼《ひでより》を殺した。信十郎の正体を知る人々は、信十郎は秀忠を討って兄の無念を晴らそうとするだろうし、徳川家を滅ぼして豊臣家を再興しようとするはずだ、と考えているようなのだ。

しかし信十郎はまったくそんなことは考えていない。自分には天下を治める才覚も、人望もないと思っている。天下人の重責など背負わされるのも真っ平御免だ、などと考えていた。秀忠が天下人の役を肩代わりしてくれてよかった、とまで考えているのである。

信十郎はかつて秀忠に向かって「拙者などが天下人になったら、天下は三日で戦国の世に逆戻りしてしまう」と言ったことがあった。本心であった。

菊池一族の族長になったことも、本意ではなかった。信十郎が帰還すれば、里の者たちは「今度こそ本腰を入れて菊池彦をやれ」と強いてくるだろう。信十郎にはそれが恐ろしくてならない。

しかも、頼りの大長老はすっかり老いさらばえている、というではないか。

(俺が里を差配したら、それこそ三日で、里は覆滅するぞ)

恐怖の予感に信十郎は身震いをした。

ふと、気がつくと、鬼蜘蛛や百舌助、ミヨシが怪訝そうに信十郎の顔を見つめている。信十郎の返答を待っているのに、信十郎が物思いに沈んでいるので、対応に困っているらしかった。

ミヨシが愛らしい唇を尖らせた。

「里に、お戻りになりたくないのですか」

ズケズケと不躾に物を言う。しかし信十郎は、ミヨシが代弁してくれたので助かった、という気分であった。

「俺は一度、里を滅ぼしかけた男だぞ。俺のせいで菊池彦様の館も焼亡したと聞く」

信十郎のいう菊池彦様とは先代のことだ。信十郎は今でも、先代こそが真の菊池彦で、自分は先代菊池彦の残滓《ざんし》に過ぎないと思っている。

(菊池彦様が俺を後継に指名したから、里の者たちが従っているだけだ)

自分の実力を里の者たちに示して「俺こそが菊池彦に相応しい。お前たちもそう思うだろう?」と、納得させたわけではない――と考えていたのだ。

百舌助が涙でもこぼさんばかりに迫ってきた。

「菊池彦様を八分にした理不尽な里の仕打ち。腹に据えかねているのはわかります!

でも、里には菊池彦様が要るのです！　どうか、お戻りください！」

鬼蜘蛛も下唇を突き出して言う。

「里のモンがこう言っとるんや。遺恨はスッパリと水に流して里に戻ろうやないか」

「うむ……」

「稗丸のこともあるで。菊池ノ里で育てなければアカン。ここで育てて、伊賀モンみたいな化け物になってしもうたら、どないするんや」

「誰が化け物だ」

キリが目を剝いた。

そのキリが信十郎に目を向けた。

「オレへの遠慮なら無用だぞ。オレが里に入らねばよいだけの話だ」

キリと宝台院の暗闘に巻き込まれて、菊池ノ里は惨禍に見舞われた。キリとしても申し訳なく思っていないでもないらしい。

「どうせオレはもう、菊池ノ里には入れぬ。里の者はオレを快く迎えぬだろうからな。オレも菊池一族には、なんの思い入れもない。お前たちだけで好きにすればよい」

「いや……」と、信十郎は首を横に振った。

「今戻れば、里の者はお前のことも歓迎するはずだ」

キリは訝しげな顔をした。

「なぜそう言いきれる」

「うむ……」

信十郎は袖の中で腕組みをして黙考しはじめた。

二

十日ほど前の夜、信十郎は何をするでもなく濡れ縁に座って、夜空をボンヤリと眺めていた。

袋に詰めた豆を摘み出しては嚙んでいる。あまり旨い物とも言えないが、精米された米ばかり食べていると身体の具合が悪くなる、ような気がする。この頃から江戸では精米が始まった。目を瞠《みは》るほど美味しい炊きあがりになると知って、皆、病みつきになっている。

庭では稗丸が遊んでいた。父譲りなのか母譲りなのか、この子供は夜の闇をあまり恐れない。庭の地面に棒を突き刺している様子であった。

何をしているのであろう、とも、信十郎は思わなかった。子供の遊びに理由などない。否、子供でなくとも、遊びに理由などいらない。信十郎や鬼蜘蛛や鄭芝龍は、いい歳をして、理由もないのに、はしゃいで遊ぶ。

突然、信十郎は視線を夜空に戻した。そのときであった。

信十郎は目の前で眩い光が噴き上がった。信十郎は咄嗟《とっさ》に立ち上がり、腰に刺した脇差しの柄に手を伸ばした。

光は一瞬にして消えた。庭では地べたに座り込んだ稗丸が「キャラキャラ」と嬉しそうに笑っている。地面に刺した棒の先に、わずかに炎が残っていた。

（火遁の術か）

いったいなぜ、稗丸が、そのような技を使ったのか。稗丸はまだ四歳（数え年。満年齢なら三歳）の幼児である。服部半蔵の子だということを加味しても、異常な行動だと言えた。

そのとき、何者かの気配を察した。信十郎は庭に降りると稗丸を抱き上げ、渥美屋の店に向かった。

庄左衛門が算盤を片手に帳づけをしている。信十郎と稗丸に気づいて顔を向けてきた。信十郎は訊ねた。

「キリは？」

「へい。女将さんは鳶澤の元締のところに顔を出してますわ。古着の端切れの仕入れのことで……」

キリはこの店では女主ということになっているし、実際にそのように働いている。忍びも平時には稼業を持っていないといけない。

信十郎は稗丸を帳場に座らせた。

「悪いがこの子を頼む」

「へい。……さぁボン、爺やと一緒に遊びましょう」

蕩《とろ》けるような顔で稗丸を抱き上げながら庄左衛門は、帳場にいた手代に目配せをした。手代は前掛けを外すと衣擦れの音もなく立ち上がった。鬼蜘蛛が留守のあいだ、この男が信十郎の護り忍びの役を務めていたのだ。

しかし信十郎は、この伊賀者が追いついてくるのを待ってはいられなかった。庭で感じた気配を追って走りだした。

当時、鉄砲洲のすぐ東には砂浜が広がっていた。漁師小屋がいくつか建っている。干された網が夜風にかすかに揺れていた。

波の音が響いている。人の気配は感じられない。

「もう、ここいらでよかろう。渥美屋の者も追《つ》いてきてはおらぬ」

信十郎が闇に向かって叫ぶと、闇の中にポツリと小さな炎が灯った。信十郎はその光に向かって質した。

「稗丸に火遁の術を教えたのは、お前か」

小さな炎が揺れて、返答が帰って来た。

「左様。……さすがに菊池彦の子。服部半蔵の子。物覚えがよい。いずれはこのわしを凌ぐ火鬼となるやもしれぬな」

「俺の子に、勝手に技など仕込むな！」

「おや？」

火鬼の声音に揶揄《やゆ》する響きが加わった。

「御曹司を忍びに育てたくはないということか。なるほど、御曹司は故太閤殿下の嫡孫。豊家を継ぐ大事な御身。忍びなどという下賤の者など近づけては、民人《たみびと》への示しもつかぬ」

信十郎は、いつもながらに饒舌で、人の心をいらだたせる火鬼の話術を遮った。

「何用あってきたのだ。気配を知らせたのはわざとであろう。俺を呼び出す算段だったのであろうが」

「いつもながら気が短い」

　火鬼は低い声でせせら笑ってからつづけた。

「左様、お主に会いたい、会って話がしたいと仰せになっておる御方がいる。夜分に気の毒じゃが、足を運んではもらえぬか」

「俺に会いたいだと？　誰だ」

「お主の敵だとは、言えような。ただし、お主の出方次第では、今宵から敵ではなくなるかもしれぬ」

「ほう」

　信十郎の表情が、わずかに明るくなった。

「その気になったか」

「敵は少なければ少ないほどよい。皆が静かに暮らせようから」

　火鬼も頷き返した。

「ならばついて来い」

　炎が消えて、思わぬ所から火鬼が姿を現わした。網を干す木組みの陰からノッソリと立ち上がる。炎は信十郎の視線を引き付けるための囮《おとり》であったようだ。

　己の技の種を故意に明かしたことで、敵意がないことを示そうとしたようだ。

火鬼は身を翻して走りだした。信十郎に斬りつけられてできた傷のせいか、背中が斜めに傾《かし》いでいる。それでも常人よりは何倍も素早く、そして足音もなく走っていく。

信十郎は無言でその背中を追った。

江戸湾の干潟から霧が湧いてきたようだ。信十郎は足元すら見えなくなって立ち止まった。

「火鬼、どこだ」

呼んではみたが返事はない。それどころか気配まで感じ取れなくなってしまった。

信十郎は四方に視線を向けた。さながら乳を流したがごとく、周囲は白い霞によって包まれている。鉄砲洲から北へ走ったのであるから、江戸の中心部に近いはずだが、人の気配はまったく感じられない。深山幽谷にでも迷い込んでしまったかのようだ。

否、と信十郎は思った。

これも忍びの技なのかもしれない。気がつかぬうちに術に落ち、視覚と聴覚を眩まされてしまったのではないか。

(火鬼の仲間には隠形鬼《おんぎようき》もいるはずだ)

いずれにしても、やたらと動き回るのはまずい。敵の仕掛けた罠に嵌《は》まる恐れもある。

(用があって呼びつけたのだ。いずれ姿を現わすだろう)

信十郎は半眼に瞼を伏せて、静かにその場で待った。

耳を澄ますと、どこからか水の音が聞こえてくる。近くに水路でもあるらしい。

(小舟が近づいてくる)と信十郎は気づいた。

女人の細い影がスーッと視線の端を横ぎった。信十郎は目を向けた。たしかに一人の女が身体と顔を横に向けたまま、音もなく移動している。足を運んでいる様子はない。船の上に直立しているようだ。

女を乗せた船が止まった。女は船から陸地に降り立ったようであった。

(俺に用があるというのは、この女か)

信十郎が向き直ると女も足を止めた。白い霧に包まれて互いの影しか見えぬ距離を隔てて、二人は向かい合った。

「そなたが菊池彦か」

女の声が響いてきた。声の感じからして、三十歳ばかりかと思われた。

信十郎が黙っていると女はつづけた。

「妾《わらわ》も西郷家の娘。菊池一族の血を引いておる。しかも育ての親は服部家。菊池一族の長たる菊池彦には重々礼節を尽くさねばならぬ身よ」

信十郎は答えた。

「いかにも先代より菊池彦の名を継ぐように言われはしたが、俺は不肖の身。菊池ノ里より追い出された男だ。菊池彦を名乗ることなど元よりできぬと思っておる」

女はしばし無言でいたあとで、言った。

「そなたが里を離れてより、菊池ノ里は四分五裂。かつては九州で勇名を謳《うた》われた南朝の雄も、今や見る影とてない」

「…………」

「そなたの八分は解けたぞ。妾が解くように命じた」

「どういうことだ。なぜ、そのような――」

「菊池の者を一つにまとめ上げる者が要りようなのだ。だからそなたの八分を解いた。里に戻って菊池彦として一族をまとめ直すがよい」

信十郎にはこの女が何を企んでいるのかがわからない。言葉尻を取られぬように気を使いながら注意して答えた。

「四分五裂であろうと、一族の者がそれで安寧に暮らしているのであれば、なんの障りもない。あの村には俺の支配など無用なのだ」

「何を愚かな」

女は忍び笑いを漏らした。

「一人一人の土民が安寧だからといって何になる。菊池の者が、否、南朝に帰依する者どもが、その力を一つにまとめさえすればいかなる望みも叶うのじゃ。その力に気づきもせず、日々の平安を夢見るなど、愚かなことだとは思わぬか」

思わぬわけだが、この手合いには何を言っても通じないということを、信十郎は経験で知っていた。代わりに別のことを訊ねた。

「貴女《あなた》はいったい何者なのだ」

「妾か」

奇怪にくぐもった笑い声が響いてきた。信十郎は俄かにギョッとした。その笑い声はなにやら、百歳も齢《よわい》を重ねた老女の声のように聞こえたからだ。

「妾の子や孫たちが、そなたにはずいぶんと助けられたようじゃな」

「子？　孫とは？　誰のことだ」

女はケタケタと笑ってからつづけた。

「秀忠と、家光忠長の兄弟のことよ」

「なんだと？」

信十郎は眉根をしかめた。俄かに混乱をきたしはじめた。

（この女が宝台院か）

秀忠の母なら還暦をとうに越えているはずだ。

（若く見えるのはまやかしで、あの嗄《しわが》れた声こそが本性か）

動揺を押し隠しつつ思案する信十郎を尻目に、宝台院は語りつづける。

「妾の子や孫たちを救ってくれたはありがたいが、その一方で妾の秘策も、ずいぶんと邪魔してくれたものよの」

「なんの話だ」

「越前宰相忠直が生きておるのはそなたの働きであろう」

「北ノ庄での騒動を、策していたのは――」

「左様、妾じゃ。豊後《ぶんご》に流された忠直にとどめを刺さんと水軍を送り込んだが、そなたは明人倭寇と組んで妨げおったな。いちいち目障りな男よ」

「平地に波風を立てるような真似を、見過ごすわけにはゆかん」

「何を言う。徳川の世を乱し、この世を戦国に返そうとしたのは忠直ぞ。妾は偃武の敵を始末しようとしたにすぎぬわ」

詭弁ではあるが、たしかに、筋が通っていないわけでもない。

返す言葉もない信十郎に、宝台院は畳みかけるようにして語りかけてきた。

「戦国の世は、そなたの父、秀吉と、我が夫の家康、それに、多くの人士たちの命懸けの働きで終わりを迎えた。妾は家康の夫《つま》として、この安寧を永続ならしめんと希求いたしておる」

言葉の毒が耳に染み込んでくるのを信十郎は感じた。言葉の毒は、より強い毒であるほど聞こえがよくて、美しい。非の打ちようもない理想に聞こえる。

「だから、なんなのだ……」

「思うに、妾の願いとそなたの願いは同根じゃ。違うかな、菊池彦。そなたが秀忠に力を貸しておるのは、偃武の世を守りたいと願っておるからじゃ。違うかな？」

違いはしない。しかし信十郎は、ここで自分が「そうだ」と答えたら、その瞬間に心が宝台院に捕らわれるような、そんな恐怖を覚えた。

しかし、「違う」とは言えない。宝台院はつづける。

「そなたが豊家再興のために立とうとしないのは、この世の平安を乱したくないからだ。違うかな？　おのれが立てば、偃武の世は終わる。おのれはそれが恐ろしいのだ。違うかな？」

「そのとおりだ」と答えそうになっている。しかし是と答えれば宝台院の術に落ちる。だが否とは答えられない。信十郎の全身に悪寒が走った。信十郎は小刻みに震えながら後ずさりしようとした。

ところが、乳を流したような白い霧が両足に絡みついている。信十郎の足は動かない。

宝台院はユラユラと近づいてきた。

「この世の安寧のためじゃ。妾と手を結べ。そなたの父も我らと手を組んで天下を取ったのだ。我らが手を携えれば恐ろしいものなど何もない。ともに偃武の世を作ってまいろうではないか」

信十郎の全身は石のように固くなった。もはや、自分の意思で動かせるのは舌だけだ。

「な、何を……企んでおる」

「企む？」

「この俺と、菊池一族の力を手に入れて、いったい何をしようというのだ」

「申したではないか。この世の安寧を計るためじゃと」

「偃武の世を守るだけなら、菊池の力など要りはせぬ！　今や徳川に仇成す敵など、この日本国のどこにもおりはせぬぞ」

「その徳川が我らの敵だとは思わぬか」

「どういうことだ……」

「徳川の中に、平地に波を荒だてんと企む者たちがおる。土井利勝……、斉藤福……。我らの偃武の敵よ」

信十郎の呼吸は、浅く、そして早い。

女は指呼《しこ》の距離にまで近づいてきた。信十郎は宝台院の顔に奇妙な物が掛かっていることに気づいた。

(舞楽の面だ……)

なぜそんな物を掛けているのか。老いさらばえた己の素顔を隠さんがためか。

舞楽面が近づいてくる。面に開けられた穴から、二つの視線が自分に向かってじっと注がれるのを信十郎は感じた。

(囚われる……!)と、信十郎は直感した。手足は石のように固まった。もはや逃れようもなかった。

「さぁ、返答じゃ、菊池彦……。偃武を乱す敵が憎かろう。『そうだ』と答えよ」

信十郎は吐き気を覚えた。胃袋がひっくり返るほどに動揺し、あるいは驚怖していたのだ。喉から胃の内容物がせり上がってきた。

宝台院は、愛しい人を抱くような仕種で、信十郎の首筋に手を回してきた。頬でも撫でるような仕種をしながら、舞楽面をつけた顔を傾げて、信十郎の目を覗き込んできた。信十郎は瞬きもできない。

「そなたが事あるごとに家光、忠長の窮地を救いにまいるのも、徳川の偃武を長らえんがため。違うか？　そうじゃとお答えなされ」

信十郎の唇が震えた。喉がゴクリと鳴った。

瞬間、信十郎の口から吹き出された何かが、勢いよく宝台院の目を打った。

「ギャッ！」

宝台院が激痛にもんどりを打つ。顔を押さえながらタジタジと後退した。指の隙間からコロリと豆が転がり出てきた。信十郎が吹き出した豆が、狙い違わず舞楽面の目出し穴に撃ち込まれたのだ。

瞬間、宝台院の術が解けた。信十郎は真後ろによろめきながら距離をとり、次いで腰の刀を抜いた。

金剛盛高が鋼色に光る。宝台院めがけて振りかぶった。

その瞬間、信十郎と宝台院のあいだに、炎の壁が噴き上がった。

「火鬼か！」

灼熱の炎に邪魔されて、信十郎は宝台院に斬りつけることができない。宝台院はよろめきながら小船に逃げ戻った。

「妾に向かってよくも……それが答えか、菊池彦！」

信十郎は怒鳴り返した。

「偃武の世を守らんという志は同じだ。しかし、菊池一族の力を、徳川の内紛のために使うつもりはない！」

「おのれ……！　後悔いたすなよ！」

声と影が遠ざかっていく。舟の音も消えた。

信十郎は刀を鞘に戻した。

そこへ火鬼がやってきた。なにやら、泣きだしそうな顔をしていた。

「愚かな真似をしたな」

信十郎は憮然として火鬼を睨み返した。

「無理強いされるのは好まぬ。まして菊池の――」

「違う。わしが愚かだと言ったのは、宝台院様のほうだ」

「なんだと」

「宝台院様もお前も望んでいるものは一緒だ。我ら南朝の者ども――虐げられた者どもの復権を果たすこと。皆で幸せに暮らせる日本国を造ること。腹を割って話し合えばわかる。それなのに術で言うことをきかせようとするとは。愚かな女だ」

吐き捨てるように言って、身を翻した。

「気をつけろ菊池彦。宝台院様はお前から受けた仕打ちを忘れぬぞ」

火鬼の声が、霞の中から聞こえてきた。そして気配がすべて消えた。

信十郎は視線を感じてハッと我に返った。

視線を左右に向けると、鬼蜘蛛と百舌助とミヨシが、不思議そうな顔をして信十郎を凝視していた。

「どうしたんや信十郎。わしらの話、ちゃんと聞いておったか」

鬼蜘蛛に言われて、「ああ」と適当に相槌を打った。信十郎が数日前のことを思い返していたあいだも、喧々囂々《けんけんごうごう》と議論していたらしい。信十郎が結論を下すのを待っているような顔つきだ。

百舌助が膝を進めてきた。

「とにかく、一度は里にお戻りください！　大長老様の死期も近いようだと、皆、噂しております。菊池彦様に、大長老様のご遺言を聞いていただかねばなりませぬ」

菊池一族は、政治指導者の菊池彦と、宗教指導者の大長老の二頭体制になっている。

大長老が誰を後継ぎに指名するのか、菊池彦を立会人として決定せねばならなかった。

(致し方あるまいな)

信十郎は浮かぬ気分ながら決断した。

「左様ならば、里に戻るとする」

百舌助とミヨシが「あっ」と叫んで表情を綻ばせた。信十郎はすかさず「ただし」と言い置いた。

「徳川の世はいまだ定まらぬ。俺には秀忠殿と交わした約定がある。里のことにかまけてはおられぬ。すぐに江戸に戻ることとなろうが、よいか?」

百舌助は「戻ってくれるのならなんでもいい」と言わんばかりの顔つきで、何度も力一杯に頷いた。

「里の者たちも皆、喜びまする!」

「そうと決まったら……」

信十郎は顔を外に向けた。しかし、言葉が出てこない。

百舌助は、そうと決まったら、なんなのか、信十郎の言を待ちつづけたのであるが、信十郎は口をポカンと開いたまま何も言わない。

「……菊池彦様?」

「うむ」

信十郎は百舌助に視線を戻して、照れくさそうに首筋など掻いた。

「そうと決まったら、やっておかねばならぬことが山ほどあったような気がしたのだが……、差し当たって何をしようか、と考えてみたら、格別、何もすることがない」

それから百舌助に微笑みかけて、

「江戸見物でもしてゆけ。江戸は今や天下の首府だ。その江戸がどうなっておるのか、殿賑ぶりを自分の目で確かめて、里の者たちに語って聞かせるがよい」

「は、はい！」

百舌助は菊池彦から直に命じられて、誇らしげに胸を張った。

三

鬼蜘蛛と百舌助、ミヨシが出てゆき、離れ座敷に静寂が戻った。

「行くのか」

キリがきわめて短い言葉で質《ただ》してきた。信十郎は「うむ」と頷いた。

「江戸を離れる前に、片づけておかねばならない難事が山ほどある。しかし、そのどれもが、俺の力ではどうにもならない事ばかりのようだ」

「忠長のことか」

キリは「ふふふ」と笑った。

「我が儘勝手な白面郎《はくめんろう》に、ずいぶんと入れ込んでおるのだな」

「秀忠殿との約束だからな。家光殿と忠長殿の身は守ってやらねばならぬ。この二人のどちらかが討たれただけで、日本国は戦国の世に戻りかねない」

「忠長に惹かれておるのではないのか」

信十郎は、虚を衝かれた思いでキリを見つめ返した。

「なぜ、そう思う」

「なぜと申して、忠長は、織田信長の再来と謳われておるぞ。お前は秀吉の子だ。秀吉が信長に心惹かれたのだとしたら、お前が忠長に心惹かれても不思議はなかろう」

「何を言う。埒《らち》もない」

するとキリは、またしても、意外なことを訊ねてきた。

「家光と忠長の兄弟が手切れとなったら、お前はどちらに味方をするのだ」

「えっ」

信十郎にとっては考えてもみない事柄であった。

「兄と弟で手切れ――戦《いくさ》になると言うのか」

「なっても不思議ではなかろう」

キリは、一人の女人としてではなく、伊賀組頭領、服部半蔵としての顔つきで、言いきった。

「兄弟手切れとなったとき、どちらにつくのか決めておけ。伊賀組にも用意というものがある」

心の準備だけではない。敵となるはずの陣営の内情を探らねばならないし、ときには暗殺や奇襲などの準備をする必要もあった。

「そんなことは、考えたこともない……」

信十郎は暗澹として呟いた。

「しかし、伊賀者を遊ばせておくわけにもいかぬのでな。忍びの戦は手妻《てづま》芸（手品）のようなものだ。種を仕掛けておかねば、武士の軍勢には勝てぬ」

信十郎はすこし、悲しげに答えた。

「俺の願いは、兄弟の手切れを未然に防ぐことだ。伊賀の皆も、そのために働いてもらいたい」

キリは「ふっ」と息を吐いた。

「忍びにとって、戦を起こさせるのは簡単だが、戦を防ぐのは難しいぞ」

「戦を起こそうとする者たちを討ち取っていけばよかろう」

「斉藤福や土井大炊頭などをか。伊賀者を残らず死なせる覚悟でも、難事には違いないな。それにだな、斉藤福や土井大炊頭は家光の後ろ楯だ。下手に討ち取れば家光の世が、そして徳川の世が終わる」

信十郎も理解して、溜め息をついた。

「なんとも、ままならぬ話だ」

「秀忠が手切れを望んでいないことが望みの綱だな。あとは闇に潜んだ南朝の者どもがどう出るか……」

キリは顔を上げて信十郎に目を向けて、ニヤッと笑った。

「秀忠親子と南朝のあいだに立って、双方の取り持ちができるのは、信十郎、お前と菊池一族しかおるまいよ」

「結局そうなるのか」

「お前は故太閤の子であろう。天下の行く末には責めを負わねばならぬはずだ。しっかりいたせ」

妻に活を入れられて、信十郎は引きつった笑顔を見せた。

四

数日後、信十郎は渥美屋を出立し、鬼蜘蛛と百舌助を従えて伊豆の下田へと走った。

下田は天然の良港である。戦国時代にはここに伊豆水軍の拠点と城が置かれていた。小田原の北条家に従って、房総の里見水軍や駿河の武田水軍と激戦を展開したという。

しかし、北条家は滅亡し、関東の覇権は徳川家へと移った。下田の水軍は没落し、漁師や回船問屋へと身分を移した。しかし、水軍、あるいは海賊としての矜持《きょうじ》と組織力を喪失したわけではなかった。

水軍の者たちは元々南朝に近い。信十郎と菊池ノ里の者たちは、すんなりと力を借りることができた。一行は下田海賊の船で外洋に乗り出し、待機していた鄭芝龍の超巨大ジャンクに乗り移った。

江戸湾のすぐ近くに明国人の巨大軍船が遊弋《ゆうよく》している、などと知れたら、江戸城の幕閣は慌てふためいてしまうであろうが、海賊たちは徳川家には恩義も何も感じていない。

信十郎たちを乗せたジャンクは、一路、九州へと針路を取った。

日本の船は陸沿いに、港や入り江を点々としながら航海する。外洋を渡りきる能力が備わっていないからだ。しかしジャンクは外洋を航行することができる。明国の宦官《かん》《がん》であった鄭和《テイワ》は、はるかアフリカにまで足跡を残した。マダガスカル島と交易をした記録も残っている。明国ジャンクの能力を以てすれば、伊豆から九州までの船路など、なんということもなかった。

船は紀伊半島の先端を回った。伊勢や紀伊にも海賊は古くから盤踞している。ちなみに、柳生家の流儀、新陰流の基となった愛洲移香《あいすいこう》流の開祖、愛洲移香斎は伊勢の海賊であった。

南北朝動乱のみぎり、北朝の足利軍の前に劣勢を余儀なくされた後醍醐《ごだいご》天皇は、息子である親王たちを東国に送り込み、東国に南朝の勢力を扶植しようと考えた。

その際、親王たちを乗せて運んだのが愛洲党の水軍（海賊）たちで、その船の中には柳生家の先祖と服部家の先祖も南朝方の武将として乗船していた。

南朝方にとっては縁の深い土地柄である。菊池彦を乗せたジャンクは、咎められることも妨害されることもなく、紀伊半島の沖を乗りきった。

紀伊は南国だ。陽光が眩く海原を照らしていた。

信十郎は紀伊の陸地に目を向けた。

(彼の地に、藩公の妻として、あま姫がおるのだな……)

あま姫とは加藤清正の女《むすめ》。加藤清正が領主として肥後に乗り込んできてから、土地の豪族の娘を側室に迎えて産ませた子だ。問題はその豪族が菊池の一族だったということで、あま姫もまた、菊池一族にとっては期待の星となっている。

信十郎は加藤清正の猶子として育てられた。猶子とは『猶《なお》子のごとし』という意味で、養子縁組はしていないが、子供も同然として扱う、という存在だ。

清正の実の娘であるあま姫は、信十郎を兄とも慕って懐いていた。子供の頃の信十郎は、清正の実子にはほとんど関心がなく、また、子供ながらに己の危うい立場を理解していて、必要以上に加藤家の一族には近づかないように注意していたのであるが、このあま姫だけは別儀であった。覚えたての忍術を使って熊本城奥御殿に忍び込んでは、あま姫を城外に連れ出して遊んでいたのだ。

(おまぁめ、俺の嫁になるなどと言い出して、俺を困らせたものだったな)

幼女ながらに悪戯好きで、男心を玩《もてあそ》ぶ術に長けていたようにも思える。

(女は魔性だ)

キリを思い、宝台院を思った。信十郎には理解の外にある者たちばかりだ。

あのミヨシでさえ、いつも無邪気に笑っている娘なのに、夫婦のこととなるとまったく別で、鬼蜘蛛を尻に敷き、手綱をしっかり握っている。

（やはり女は魔物なのだ）

この山並みの向こうに和歌山城がある。城主は紀伊徳川家五十六万石の当主、徳川頼宣。〝南海の黒竜〟などと仇名されている麒麟児だが――、

（おまぁは、きっと頼宣殿まで尻に敷いておるのに違いないぞ）

なにやら頼宣のことが哀れに思えてきたほどであった。

風が吹いて大きな雲が流れてきた。陽光が遮られて海の色が鼠色に変わった。

紀伊の山並みも薄暗く陰る。信十郎は、ふと、思った。

（万が一、家光殿と忠長殿とが手切れとなったら……、頼宣殿はどちらに加担するのであろうか……）

天下分け目の合戦となれば、日和見《ひよりみ》や中立は許されない。まして徳川家の親族だ。必ず旗色《きしょく》を鮮明にしなければならないだろう。

（そのとき、肥後守殿はどう動く……）

あま姫の繋がりがある。忠広と頼宣は義兄弟だ。肥後加藤家五十二万石と紀伊家五

十六万石は、同じ陣営につく可能性が高い。

(道を誤らなければいいのだが)

などと思い、否、と思い直した。

(将軍家兄弟の手切れなどあってはならぬ。頼宣殿も忠広殿も、そのぐらいの道理はわかっておるはずだ)

紀伊家と加藤家であいだを取り持てば、兄弟手切れを未然に防ぐことができるはずであった。

水俣湾の海上で鄭芝龍と別れを告げた信十郎は、迎えに来ていた小舟に乗り移って、熊本の湊を目指した。

船は五十石積みほどの小舟であった。一度に米を五十石（米俵に換算すると百二十五俵）を運ぶことのできる船だ。荷船としては小さな小さな船で、操る船頭はかなりの高齢であった。てっぺんまで真っ赤に日焼けした頭に、白髪を束ねた小さな小さな髷がのっていた。

帆と舵を両手で操る老船頭の胸には十字架が輝いている。

「なんや、キリシタンか」

鬼蜘蛛が訊ねると、老船頭は得意気に頷いた。

「マカオの大司教様ン所に、巡礼に行ったこともあるとよ」

船乗りは思い立てば千里の彼方にも出帆する。キリシタンの老船頭にとっては、大司教の説教を聞いたことが生涯の誉《ほまれ》なのに違いない。

キリシタンを快く思わぬ鬼蜘蛛は、不愉快そうに余所を向いた。しかし老船頭は気づかずに自慢をつづけた。

「九州の土民が、皆、豊かに暮らしていけるのも、バテレン様の恩寵があればこそばいね。オイも若い頃は、小舟で雑魚漁をするのが精一杯だったばってん、今ではこんな大きな船の船頭ばい。こン船があるからこそ、倭寇の旦那方にもよくしてもらえるとよ」

信十郎は訊いた。

「どういうことです」

老船頭は、ほとんど欠けた前歯を剝き出しにしてニヤッと笑った。

「バテレン様がカピタン様ば連れてきてくださって、オイらの暮らしは変わったとよ。肥後の産物ばカピタン様に買ってもらうだけで、オイらは後生安楽たい」

「そういうものか」

「旦那サンは、島原のお城ば、見たことがおありなさるか」

「いや、見たことはない。島原の領主の松倉重政《まつくらしげまさ》公が、大きな城を造っておるそうだが」

「島原のあたりは、山焼け（火山）の灰が積もっとるだけだから、稲も野菜もよう育たん。じゃっど、島原の殿様にはカピタン様との商売がある。だから大きな城も造れるってことばい」

真面目に田畑を耕したり、魚を獲ったりするよりも交易のほうが何倍も儲かる。米や魚が食べたいなら、儲けた金で買えばいい――と老船頭は嘯《うそぶ》いた。

「カピタン様との商いができなくなったら、島原のモンは、殿様も土民も、みーんな干上がってしまうとよ」

老船頭はそう言って笑った。

五

肥後の湊に上陸した信十郎たち一行は、熊本城下を通って菊池ノ里に向かった。熊本城下にはあまりよい思い出がない。清正の死後、重臣たちが二つに割れて内紛を起こした（馬方牛方の乱）。清正のあとを継いだ忠広の力量不足で起こった内乱だ。菊池一族の者も関わっている。

「いつ来ても、陰気で落ち着かん町やで」

鬼蜘蛛が通りの左右に目を向けながら悪態をついた。信十郎も同意しないでもない。

清正は主君の秀吉が天下を取ったので、突然大大名に抜擢された。五十二万石もの大封を治めるために、有能な者たちをかき集めなければならなかった。

それらの英雄人傑たちは「清正であるならば」と清正の人物を慕って集まってきた。清正個人に惚れ込んだ者たちだったのだ。

（忠広殿は清正殿よりはおおいに落ちる……）

英雄人傑たちの目で見て、主君と立てるに満足のできる男ではない。

忠誠心も定まらず、手前勝手に反目し合う家臣たちの屋敷が建ち並んだその向こうに、熊本城の誇る、大小連立の天守が見えた。

その豪壮な佇まいが、なにやら清正の後ろ姿に重なって見えた。

菊池ノ里は阿蘇山の広大な山並みの奥、猟師すらほとんど足を踏み込まぬ山中にあった。

峨々たる山並みの只中に、突如として盆地が広がる。田畑が切り拓かれ、青々とした稲穂が波うっている。山から引かれた水路には水車小屋が建てられて、大きな水車が豊富な水量を受けて回りつづけていた。

まさに隠れ里である。この里のあることを知る者は、麓の平野にはほとんどいない。杣人や猟師は知っていたであろうが、菊池一族を恐れ憚って、口外する者はいなかった。

「菊池彦様！」

まず第一に信十郎の帰還に気づいた者は、やはり小鳥であった。小柄な身体で飛ぶように走ってきた。しかし以前のように身軽な子供ではない。小柄ながらにも背丈が伸び、逞しい肉もついている。身体が大きく頑丈になった分だけ、敏捷さが失われたようではあった。

「お帰りなさいませ、菊池彦様！」

小鳥は顔じゅうをクシャクシャにさせて喜びを現わし、信十郎の顔を見上げてきた。

信十郎は思わず釣られて微笑んだ。

ここに来るまでは、果たして本当に里の者が自分を迎え入れてくれるのか心配であった。遠巻きにして白い目を向けてくる者もいるはずだ、と覚悟をしていたのだ。

小鳥に以前と同じ笑みを向けられ、すこしだけ気が楽になった。

「久しく見ぬうちに大きくなったようだな。里の皆はどうしておる」

小鳥は信十郎の周りを飛び跳ねながら答えた。

「みんな、菊池彦様が帰ってくるのを待ってるよ。やっぱり菊池彦様がいないとダメだって、みんな言ってるさ」

「そうか」

信十郎は、長閑《のどか》な里の佇まいを眺めてから、つづけた。

「しかし、俺が帰ることを快く思わぬ者たちもいるだろう」

独白だったのだが、小鳥は自分に訊かれたのだと勘違いして答えた。

「そりゃあいるよ。大津彦とかさ」

こまっしゃくれた物言いをする。信十郎は「おや？」と思った。子供ながらに見るべきものは、見えているらしい。

「そうか。大津彦殿は、俺が帰ることを喜んでおらぬか」

「菊池彦様がいないあいだ、里の者を好き勝手に使っていたからね。みんなウンザリさ。菊池彦様が帰って来たから、大津彦の勝手にはさせないって、爺さんたちもみんな、陰でコソコソ言いあってたよ」

横でやりとりを聞いていた鬼蜘蛛が破顔した。

「小烏め、よい横目付になったもんやな」

横目付とは組織内部の者の言動を監視する者のことだ。

百舌助が唇を尖らせた。

「小烏に盗み聞きされていることに気づかない年寄りのほうが駄目だよ」

鬼蜘蛛は信十郎に笑みを向けた。

「どや。案ずることなどなかったやろ。わしの言うたとおりや」

「うむ……」

里の者たちが快く迎えてくれるのはありがたかった。

（しかし……）

自分が里に戻ることで、またしても、大きな災厄を里にもたらすことになってしまうのではないか。信十郎は不吉な予感を覚えぬでもなかった。

大津彦は荷物をまとめると家に仕える小者に担がせた。自らは框《かまち》に腰を下ろして、苛立たしげに草鞋を履いた。

そこへウッソリと、熊のような巨体が入ってきた。背丈が六尺以上ある巨漢だ。戸口の鴨居に頭をぶつけないように、首をすくめて、腰を屈めなければならないほどだ。そのせいで、折り目正しく挨拶しながら入ってきたかのように見えた。

　この大男、大津彦の分家筋で名は西郷伝九郎《でんくろう》という。室町時代の初期、足利家が派遣してきた九州探題、今川了俊の討伐を逃れて薩摩国へ移り住んだ。今は薩摩の領主、島津家に仕えている。

「これは大津彦どん」

　伝九郎は旅装の大津彦を、不思議そうに見つめ下ろした。

「いずこかへご出立か？　こっちは菊池彦様がお戻りになったというから、挨拶のためにまかり越したのに、大津彦どんが挨拶もなく里を離れるとは、ちと面妖でごわんど」

「わかりきったことを言うな！　白々しい！　あの男の顔など見たくもないから、里を離れるのではないか！」

「そうでごわしたか」

　大津彦は伝九郎の顔をキッと睨んだ。

「お主もお主だ。なにが「挨拶のためにまかり越した」だ！　お主が西郷ノお局様（宝台院）の手勢を里に引き込んだことは小烏の口から知れたぞ！　どのツラを下げて菊池彦の前に顔を出すつもりだ！」

伝九郎は、大きな顔の太い眉毛をしかめさせた。

「オイと大津彦どんは、西郷ノお局様の命《めい》に従っただけでごわそう。そのお局様の許しが出たから、菊池彦様の八分が解かれたのでごわす。お局様と菊池彦様の仲が直ったのなら、オイも大津彦どんも、もはや菊池彦様の敵ではなかぞ。遺恨は水に流して、一族仲良くやっていくのが賢明というものでごわそう」

「いちいちもっともだが、そんな簡単に割り切ることなどできんわ」

大津彦は草鞋の紐をきつく縛って立ち上がった。

「わしはしばらく長崎に身を潜める。末次平蔵のところじゃ」

「ふん。平蔵どんは、たったの一人でオランダと戦をしておるようなお人じゃ。気をつけるがよか。菊池ノ里にオランダの軍兵が攻め入るようなことになったらたまらん」

大津彦は伝九郎の忠告を無視すると、別のことを訊いた。

「しばらく里におるのか」

「そのつもりでごわすが」

「ならばこの屋敷を遠慮なく使え」

「ほう。腹の太か男ばい」

「その代わり、奏《かなで》の面倒を見てくれ」

「奏？」

「蔵の地下に閉じ込めてある。目を離した隙に逃げられたりしたら厄介だ。まして、菊池彦が戻っておるこのときに、暴れられたりしたらかなわん」

奏は大津彦の一人娘である。大津彦はかつて信十郎を籠絡しようとの野心を抱き、娘の奏に信十郎を誘惑させようとした。奏も十分その気であったのだが、信十郎にキリという妻ができたことで父娘の策略は失敗に終わり、族長の娘としての自尊心が損なわれた奏は、自らを狂気に堕としてキリを襲撃したのであった。

奏は今も心を病んだまま、大津彦の屋敷内に閉じ込められている。

「なるほど。気が揉めることでごわすな」

伝九郎は、揶揄しているとも、同情しているとも受け取れる顔つきで請けあった。

「菊池彦が戻ってきた里になど、尺寸たりとも居たくはない！」

大津彦はそう言い放つと、勢いよく屋敷を飛び出していった。

六

信十郎は大長老の石室に向かった。石室には黒と朱色で奇妙な文様が描かれている。

（まるで古墳の中だ）と信十郎は思った。大長老は生きながら墳墓に埋められること
で、宗教的権威を身にまとっていたのだ。

石室の一番奥に灯《ともし》があった。行灯や蠟燭などではなく、獣の脂に灯心を挿して火をつけたものであった。

それでも闇の中では十分に明るい。台座に座る大長老の姿がハッキリと見えた。

（大長老様はお歳を召された）

信十郎は一目見るなりそう思った。体軀が二まわりほど小さくなったように思える。前屈みに伏せられた顔には精気が乏しく、真っ白な眉毛の下で眼窩が黒々と落ち窪んでいた。

「誰じゃな」

大長老がわずかに顔を上げて訊ねた。信十郎の目には十分明るく感じられた灯の炎であったが、大長老の衰えた視力では信十郎の顔も識別することができなかったらし

い。

「真珠郎にございまする」

信十郎が答えると、大長老の顔つきに生気が戻った。「おう」と答えて首筋が伸びた。

「帰ってまいられたのか。それは重畳。里の者どもは快く迎えてくれたか」

「はっ。昔と変わりなく。なにやら我が家に戻った心地がいたしました」

大長老は皺だらけの口元を笑ませた。

「何を言う。そなたの家はこの里にある。そなたが戻ってきてくれて、わしも嬉しいぞ」

「ありがたきお言葉にございます」

大長老はすこし、苦笑したような顔つきになってから、つづけた。

「どうじゃ、わしは、老いたであろうが」

「いえ、けっして、そのような」

「そなたらしくもない。いつから世辞など覚えた」

「い、いえ……」

大長老は「ふっ」と笑った。

「わしがこんなに老いたのは、そなたのせいでもあるのだぞ。何事につけ、里の雑事のすべてがわしの肩にのしかかっておったのだ。……と、これは戯れじゃ。聞き流してくれぃ」

思わず漏れた愚痴を冗談めかして誤魔化したが、それは紛れもない本心であったろう。信十郎は大長老に迷惑をかけた申し訳なさを感じると同時に、愚痴などこぼす大長老の姿に、ますます老いの悲しみを見て取ってしまった。

「しかし、菊池彦が戻ったとあれば安心じゃな。重畳至極」

「手前が里に戻ることができましたのも、大長老様のご尽力と察しまする」

大長老の諭示がなくては何事も進まぬ里だ。大長老が他の族長や長老たちを説得したのに違いない。

ところが、大長老は首を横に振った。

「違うぞ。そなたを里に戻すように働きかけたは、わしではない」

信十郎は訝しげに眉根を寄せた。

「では、誰の意向でわたしの八分が解かれたのです?」

「宝台院よ。あの女人がそなたを許すようにと言ってまいった。……まったく勝手な物言いよ。そなたを八分にするように働きかけたのも、あの女だというのに」

「やはり左様でございましたか」

「そもそもこの村を襲わせたは、あの女の働きかけじゃ。大津彦は宝台院の傀儡《かいらい》に過ぎぬ。里の者どもは皆、徳川の威勢を恐れて大津彦に靡《なび》いたのだ。あの女の機嫌を取るため、と称してそなたを追放したが、本心から大津彦に同調したわけではない」

古代氏族といえども、現世に無関心ではいられない。菊池一族には足利幕府に逆らって滅ぼされかけた過去がある。為政者の動向には常に気を配っていた。

「加藤家に仕えた者たちも、そなたを快く思わぬようでな」

「無理もございますまい」

菊池一族の一部は、加藤家に取り立てられて家臣となった。それらの者たちの中には、菊池彦よりも加藤家を主君と仰ぐ者が現われていた。

(加藤家にとっても、宝台院に睨まれた俺は悩みの種であろうからな)

加藤家から刺客が送られてこなかっただけでも感謝をせねばならないだろう。

「じゃが」

大長老が言った。

「そなたと宝台院が手打ちをいたしたと聞いて、皆、胸を撫で下ろして安堵いたしておるところじゃ」

「手打ち、でございまするか……」

信十郎は、あの夜のことを思い返した。あれが手打ち（和解）といえるのだろうか。否であろう。

「なんじゃ、その顔は」

「宝台院殿がそれがしに心を許すとか、それがしとともに歩まんとするとは、到底思いがたいのでございます」

「ふむ。遺恨はついえておらぬか」

「いかにも」

すると大長老は、きわめて重大な意味を秘めたことを、さらっと口にした。

「それならば、宝台院を操る者が潜んでおるのであろうな」

「は？」

「宝台院はいまだそなたを憎んでおる。その宝台院に命じて、そなたとの手打ちを命じた者がおるのじゃ」

信十郎には俄かに信じがたい思いだ。徳川幕府を陰で操ってきた宝台院を、さらに操る者がいるというのか。

「それは、いったい……」

大長老はキッパリと答えた。

「南朝の皇帝よ」

「南朝の……皇帝？」

「左様。南朝は北朝に神器を渡し、吉野の深山についえたかに思われておるが、その皇統は絶えてはおらぬ。応仁の戦乱では、西陣の山名宗全《やまなそうぜん》が南皇帝なる御方を担ぎ出しておる」

応仁の乱は室町幕府が二つに分かれて争った内戦だが、東軍の細川方が将軍と皇族を押さえていたので、西軍の山名方には担ぐ神輿と名分が必要になった。そこで西軍の大将の山名宗全が担ぎ出したのが、南朝の皇胤だったのだ。後醍醐帝の子孫でもあるその皇胤は、南皇帝を名乗って西軍の、名目上の旗頭となった。

その子孫が尚も南朝皇帝を名乗り、陰で世情を操っている。足軽の秀吉が天下人になれたのも、三河の土豪の松平家が天下を取れたのも、南朝に帰依する者たちの尽力によるものだったのだ。

大長老は説明をつづける。

「しかし、南朝に帰依する者が、忍びや山師、川並衆、海賊などの力を借りて天下を取ろうとも、いまさら北朝の天子を引きずり下ろして、南朝の復興などできようものか。せっかく天下が定まったのに、ふたたび戦乱の世に戻る」

「いかにも、左様にございましょう」

「そう考えたそなたの父、故太閤殿下は、南朝を裏切って北朝の天子を奉ったのだ。しかし結果は思わしくなかったの。新たに南朝の力を借りた家康に、取って代わられた」

「はい」

「その家康も最後には南朝を裏切った。南朝の皇帝は今、徳川家に代わる傀儡を求めているのやもしれぬ」

「徳川を滅ぼして、新たな天下を立てる者をですか」

「左様」

「そのような者が果たしてこの世におりましょうか」

「何を言う」大長老はギロリと目を剝いた。

「南朝皇帝は、そなたこそがその人だと思っておるのじゃろうぞ」

「そ、それがしが……！」

信十郎は絶句した。まったく言葉も出ない。ただうろたえて小刻みに身体を震わせた。

大長老は静かな口調でつづける。

「故太閤殿下は見事にやり遂げなされた。南朝皇帝とすれば、父にできたことなら息子にもできるはず、などと目論んでおるのに違いない」

信十郎は滅多にないことに、声を荒らげた。

「南朝皇帝は、どこにいるのです！」

血相を変えて身を乗り出した信十郎を、大長老は静かに見つめた。

「そんなことを知ってどうする気じゃ。……弑《しい》し奉ることは許さぬぞ。仮にも後醍醐帝の皇胤。我ら南朝遺臣の者どもが代々仕えてきた皇室じゃ」

「しかし……！」

「このわしも、南朝皇帝の居場所は知らぬ。……それにあの御方、生きておられたとしてももはや百歳《ももとせ》は過ぎておられよう。果たしてまだ生きておられるのかどうか」

自分自身が百歳に達しようかという老齢であるのに、自分のことは棚に上げて、そんなことを言った。

「あの御方の思惑は読めておる」

「それはどのような」

「故太閤殿下が異国を攻め取り、北京なる地に北朝の天子を招いてこの日本国を何十倍にも広げんとしていたことは存じておろう」

「はい」

「その野望は元々は、南朝の皇室のものであったのだ」

「海の彼方に南朝の天下を立てようと……！」

「南朝の皇室は、足利家の討伐を避けるため、海の彼方に逃れたこともあったのだ。海賊衆は皆、南朝に帰依しておる。海を進むは思うがまま。それゆえに、そのような野望を抱くに至ったのであろうな」

信十郎は南洋の国々や島々を思った。今、彼の地は西域の白人たちの切り取り放題になっている。

「そなたの父上は海賊衆に嫌われた。じゃから唐入りはしくじりに終わった。しかし南朝皇帝は、海賊衆の力を合わせれば、それができると考えておる。攻め込むのに必要な兵も、大勢おるしな」

「兵が？　いずこに……」

「世に溢れる浪人どもよ。それにキリシタン……。かの者どもを甘言でたぶらかせば、いくらでも刀槍を手にして戦おうぞ」

信十郎は井上正就を思い出した。井上もまったく同じことを企図していた。

浪人には、『異国を攻め取れば大名にもなれるぞ』と唆《そそのか》す。キリシタンには『異国でなら何を信仰しようと勝手だ』と言う。

夢物語などではない。現に成功した者たちがいる。信十郎の脳裏に、山田長政の面影が浮かんだ。

異国との大戦になるかもしれない。それは大変に不幸なことだ。しかし、と信十郎は考え直した。シャム王家で栄達した山田長政は、シャム王家から頼りにされてもいる。現地の人々のためになるのなら、浪人やキリシタンが海を渡るのも悪くない。

（しかし、そのような穏便な渡海で、南朝皇帝は満足するのだろうか）

南朝皇帝の目論見が浪人とキリシタンの救済であるのなら、信十郎の思いと合致している。

しかし結局最後には、南朝皇帝対南蛮諸国との戦争になってしまうのではないだろうか。そんな悪い予感が信十郎の心を過《よぎ》った。

そのとき大長老が大きく咳き込んだ。

「あっ、申し訳ござらぬ」

大長老の疲労も考慮せず、会談を長引かせてしまった。

「それがしは下がりまする」

「うむ。そなたもゆっくりと、旅の疲れを癒されるがよい」

信十郎は一礼して、石室をあとにした。

七

信十郎は里の中心部へと向かった。いつの間にやら里の者たちの手で菊池彦の館が再建されている。里の者たちが菊池彦の帰りを待ちわびていたという物言いは、けっして誇張やご機嫌取りではなかったらしい。

館に戻ると、里の者たちが恐る恐る、顔を出してきた。

里の者たちは信十郎を八分にしたという負い目がある。菊池彦様のお怒りも恐ろしい。処刑場に引き出された罪人のような顔つきで、庭先に平伏していた。

信十郎としても、キリと宝台院の暗闘の巻き添えを食って、里の者たちが大勢殺されたことに責任を感じている。皆に詫びを入れねばならぬのは自分のほうだと思っていた。

「そんな所で土下座などされていては話もできぬ。皆、上がってくれ」

信十郎は恐縮する一同を、広間に上げた。

（さて、どうやって打ち解けたらいいものか……）

広間の隅に固まって縮こまっている者たちを見ながら、信十郎は思案した。

キリならばこんなとき、大盃の酒を回して酔っぱらって、皆でよい気分になるのであろうが、信十郎はキリのような酒豪ではない。

（思えばキリは、あれでいて実によくできた妻であったな）などと離れて初めて実感したりしていた。

こんなときに頼りになるのは鬼蜘蛛である。何も言わずとも酒の徳利を抱えて入って来た。

「さぁ皆の衆、飲んでくれぃ。菊池彦サマがお戻りになった祝い酒や」

杯が回される。杯を持たされた者が、恐々と杯と信十郎を見た。

「なんだ、飲まないのか」

飛び出してきたのは小鳥である。

「飲まないのならオイラが飲むよ」

手を伸ばして大人たちの手から杯を奪い取ろうとした。

「何を言う。お前にはまだ早い」

里の者は小鳥の手を払った。そして、そう言ったからには杯を干さないわけにはいかなくなった。

「頂戴します」

その男は杯を干した。そして次の者に杯を回した。鬼蜘蛛が酌をする。次の者も、神妙な顔つきでなみなみと注がれた酒を飲んだ。

酔いが回ると現金なもので、皆、いい気分になって信十郎の帰還を喜びはじめた。鬼蜘蛛が得意の唄や踊りなどを披露して、皆の気分を和らげた。

「こうなると姫御前様が恋しゅうござるわ！」

「姫御前様と飲む酒がなにより旨かった」

キリのことなど話題に出して、皆で笑いあっている。キリのことを恨んでいる者もいない様子だ。信十郎は安堵した。

皆で盛り上がっていたとき、突然、広間が水を打ったように静まり返った。信十郎は（何事が起こったのか）と、下座のほうに目を向けた。

広間の板戸が開かれている。回り縁（廊下）に一人の男が立っていた。

信十郎は「ほう」と声を漏らした。廊下に立った男の顔が鴨居に隠れていて見えない。雲を衝くような巨漢であった。

皆は、その巨漢に気づいて静まり返っていたのである。小鳥などは奥に繋がる回廊へと走って逃げてしまった。

巨漢は遜《へりくだ》った態度で座敷に入ってきた。だがそれは、本気で遜っていたのか、それとも、腰を屈めて頭を低くせねば鴨居をくぐれないから、そうしただけなのかはよくわからなかった。

里の者たちはその巨漢を快くは思っていないらしい。一人の男が鋭い声で難詰した。

「伝九郎！　どのツラを下げて菊池彦様の前に現われおった！」

信十郎は首を傾げた。まったく覚えがないがこの巨漢は、どうやら自分に仇なすようなことをしていたらしい。

巨漢は、里の者たちの冷たい視線など気にする様子もなく、広間の真ん中にドッシリと腰を下ろすと、床に両手をついて、信十郎に向かって低頭した。

「西郷伝九郎と申しまする。菊池彦様がお戻りなされたと聞き、菊池のモンの一人として、ご挨拶に出向きもした」

見知らぬ顔だが、菊池一族の一人らしい。頼もしげな壮士だ。信十郎は挨拶を返そうとした。そのとき、物陰から顔を出した小鳥が、早口で告げ口した。

「里を襲った忍びを引き入れたのはこの男だよ！」

信十郎は小鳥に横目を向けた。小鳥は（菊池彦様がついているから怖くない）とでも思ったのか、勢い込んでつづけた。

「オイラは見たんだ！　オイラに見られたことを知った伝九郎は、オイラのことも殺そうとした。廻国の武芸者様が助けてくれなかったら、オイラ、殺されてた！」

信十郎は伝九郎という名であるらしい巨漢に目を向けた。なんと言って反論、あるいは抗弁するのかと思ったのだ。

ところが、伝九郎は悪びれた様子もなく、答えた。

「いかにも、手引きいたしもした」

「ほら見ろ！」小鳥がますます勢い込んで叫んだ。

「オイラを殺そうとした悪人！　菊池彦様に罰せられるために出てきたのか！　神妙に晒し首になるがいいや！」

伝九郎は小鳥の悪罵など聞こえぬ様子で、顔色も変えず、しれっとして答えた。

「それがしは大津彦どんの分家筋でございましてな。西郷の苗字を名乗っておることからご推察叶うと思うのでごわすが、西郷ノお局様とも血筋が近ぅごわす。お局様と大津彦に命じられれば否も応もなし、言われるがままに働くよりほかなかったのでごわす」

のうのうと言いきられると始末に困る。たしかにこの時代、反乱などの罪は首謀者のみに課せられて、末端の兵士は罪には問われない。伝九郎は「自分はその、末端の兵だった」と言い訳したのだ。

さらにはもっと鉄面皮に、こんな挨拶をよこしてきた。

「菊池彦様におかれましては、西郷ノお局様と手打ちをなされた由。欣快至極《きんかいしごく》。これでこの伝九郎めも、菊池彦様と西郷ノお局様の双方に、忠義を尽くすことが叶いますわい」

などと言って、深々と低頭してみせたのだ。

「騙されちゃ駄目だよ菊池彦様！　こいつはオイラを殺そうとした大悪党だ！」

小烏はそう言ったが、信十郎としては、菊池一族が分裂せねばならなかった責任は自分にもあると思っている。伝九郎だけを責める気にはなれなかった。

「遺恨を水に流して、顔を出してくれたことは、嬉しく思う」

信十郎はそう言った。小烏と里の者たちは（そんな甘いことを言っては駄目だ）という顔をして身を乗り出してきたのであるが、信十郎は気づかぬふりをしてつづけた。

「大津彦殿とその御一族に恨みはない。これからは力を一つに合わせて、手を携えてまいろうぞ」

伝九郎は感に堪えないといった様子で、大きな肩を震わせながら平伏した。

「まっこと、どこまでも広く、深いお心でごわす。まるで海ンごたある。この伝九郎、菊池彦に相応しき御方はそなた様よりほかになかったのだと、今こそ、得心いたしたでごわんど」

などと、本気で感じ入っているのか、それとも、柄にも似合わぬお世辞上手なのか、言い放ってきた。

里の者たちも、いま一つ信用できぬといった顔つきながらも、菊池彦が「心を一つに」と命じたからには仕方がない。腹に一物を抱えた顔つきながら、西郷伝九郎の同席を許した。小鳥は、よほど伝九郎のことが怖いのか、どこかへ隠れて二度と顔を出そうとはしなかった。

ぎこちない空気を紛らわそうと思って、信十郎はその場の者たちに訊ねた。

「ところで皆に問いたいのだが……、菊池の者が海の向こうに新天地を求めるとしたら、どう思う」

菊池彦の唐突な問いかけに、一同は互いの顔を見合わせた。

里の者の一人、六十ばかりの老人が代表して答えた。

「わしらは元より、交易を厭うものではございませぬが……」

南朝に近い勢力であれば、交易や運輸はお手の物だ。武士は農地を資本とし、年貢で生計を立てているが、北朝方の武士に敗れた南朝方は、土地を奪われてしまったがゆえに、商業や運輸業で生計を立てるしかなかった。菊池ノ里とて、猫の額ほどの農地では一族の者を養うことはできない。かつては遊行《ゆぎょう》や芸能、そして忍びの技で他家に仕えて生きてきたのだ。今は交易で大きな利益を上げていた。

別の者が口を開く。

「大津彦に命じられて、異国との商いをさせられたときには、これでよいのか、と思わぬでもなかったが、菊池彦様も同じことをお考えなら誰に憚ることもない。喜んで商売に精を出せるというものだ」

その場の者たちが一斉に頷いて、同意を示した。

どうやら菊池ノ里は大津彦の指揮の下、海外交易で利益を上げていたようだが、里の者たちは納得しがたい思いも抱えていた様子だった。

大津彦の下で商売に励むのは面白くないが、菊池彦の下で商売するのは大歓迎、ということらしい。大津彦に人徳のないがゆえであろうか。大津彦にとっては気の毒な話でもある、と信十郎は思った。

信十郎は西郷伝九郎に目を向けた。

「あなたはどう考える」

伝九郎は重々しく頷いてから答えた。

「オイは島津家に仕えておるのでごわすが、島津家は琉球を従え、琉球を介して明国と商いをしておりもす。お陰でオイたちの暮らしもずいぶんと楽になりもした。商いはよいものでごわすな。手前も、大津彦も、常々そう言い交わしておりもす」

「ならばこの話、大津彦殿にも伝えてくれぬか。大津彦殿は商売上手であるようだ。きっと菊池一族の進むべき、よき道筋を示してくれよう」

「菊池彦様の今のお言葉を伝えれば、大津彦、きっと涙して喜ぶことでございましょう」

「うむ。頼みました」

伝九郎は大きな顔を上下に振って、頷いた。

第五章　長　崎

一

駿河大納言忠長の上屋敷は北ノ丸にある。本丸の天守閣の真北にあって、冬の季節にはその長い影が忠長の御殿に射すこともあった。

忠長という男は、大伯父の信長に似たのか、癇性の母親に似たのか、やたらと気が短く、いつでも感情が激している。じっとしていることが苦手だ。馬場で愛馬を責めたり、弓の稽古に励んだり、近習と木剣で打ち合ったりと、とにかく激しく、忙しい毎日を送っていた。

「わしは御殿で殿様暮らしなどはできぬ」

と公言していたし、周りの者たちも皆、そうであろうと思っている。

徳川幕府は武家政権で、政を司るのも武人たちであるのだから、まことに結構な御性分であるはずなのだが、それも時と場合によりけりだ。

家光に仕える者たちは、いつかこの若殿がとんでもない騒動を引き起こすのではないか、兄であり、将軍でもある家光に弓引くことになるのではあるまいかと案じていた。

その日、忠長は安土《あづち》で弓の稽古をしていた。この時代の弓術稽古は露天が基本だ。広場の向こうに土壇が築かれていて、そこに藁で編まれた的が並べられていた。

忠長の弓術は矢継ぎ早である。十分に引き絞るより前に放っている。

せっかちな気性だ。お経のように長々と引き絞り、勿体をつけて弓を放つのは性に合わない。それにそのような弓術は実戦では役に立たないと、戦国の生き残りの老人たちも言っていた。

「他人《ひと》が一本放つところを三本放ち、三本とも命中させる」というのが忠長の弓術の理想であったのだ。

色白で細面の顔に青筋を浮かべ、歯を食いしばって強弓《こわゆみ》を引いていると、そこへ井上正就がやってきた。

忠長の神経は鋭敏だ。視界の端を過《よぎ》った影にすぐに気づいて、険しい顔を向けた。

「……おう、正就であったか」

弓術稽古の邪魔をする無礼者は、この矢で射殺してくれよう、とでも言うような目で睨んだのだが、父、秀忠の寵臣と気づいて、やや、顔つきを和らげた。手にしていた弓矢は、近仕の稲葉正利に渡した。

井上正就は地べたの上で蹲踞して低頭した。

「大納言様にはご機嫌麗しゅう。恐悦至極に存じあげまする」

「うむ。父上の御気色《けしき》はいかがじゃ。御息災であろうか」

忠長は第一に秀忠の様子を訊ねた。父と息子ではあるが、公的には幕府の大御所と一大名でもある。無闇矢鱈に会いに行くわけにもいかない。

「ハッ、昨今の大御所様はすこぶる御健勝にて、ご機嫌もよく、たまさかには軽口など仰られて、我らを笑わせております る」

「ほぅ、あの父上がのぅ」

忠長も目を細めて微笑した。

秀忠が上機嫌なのは信十郎が訊ねてきてくれたからなのだが、井上正就は、それについては秘しておいた。

忠長は鋭い目つきに戻って質した。

「して、本日は何用じゃ」

挨拶もそこそこに、短兵急に訊ねる。それも、核心だけを聞くのを好む。回りくどい物言いは大嫌いだ。忠長とはそういう男だった。

「ハハッ、実はそれがし、大納言様に申し上げたいことがございまして、かくも推参仕りました」

「だから、その申したきこととはなんじゃ。それを訊ねておる」

井上正就は、用心深い目つきになって、左右を見渡した。

「ここでは些《いささ》か……」

「外聞を憚る話か」

「ご賢察のとおりにございまする」

忠長は肩肌脱ぎになっていた弓手《ゆんで》（左手）を袖に通して、襟元を整えた。

「ならば雉ノ間で聞こう。正利！」

意を察した稲葉正利が先に立って走る。御殿に仕える者たちに座敷の用意をさせるためだ。

忠長は悠然と肩をそびやかせて雉ノ間に向かう。井上正就はその後ろに従った。

その日の夜――。本丸御殿の長局に、稲葉正利の姿があった。

燭台で小さな炎が揺れている。橙色の光が醜い老婆の横顔を照らしていた。

「西洋に討ち入る、とな？」

老婆が正利に確かめた。正利は「はっ」と答えて自分の母――斉藤福に平伏した。

「井上様がそのように、お勧めなさいました」

「大納言はなんと答えた」

「面白い、と、お一言」

斉藤福は苦々しげに顔をしかめさせた。

「井上正就めが、要らぬ差し出口を！」

正利は母親の顔を恐々と窺った。

自分を生んでくれた母親ではあるが、あまりにも恐ろしい相手だ。子供にとって母親は怖い相手に決まっているのだが、そういう意味での恐ろしさではない。一人の政治家として、陰謀家として、恐ろしいのである。

幼少の頃に本能寺の変と明智の滅亡を経験し、明智家の家老、斉藤利光《としみつ》の伝《つて》を頼って海の向こうの土佐国まで逃れた。普通なら、土佐で罪人の娘として惨めに一生を終えるべきところを、苦心惨憺、斉藤家の名誉回復に努め、なんと将軍の乳母という身分まで手に入れたのだ。

女人版秀吉とも、女人版源頼朝とも呼ぶべき偉業である。

それに引き換え自分は、と正利は思う。鳴かず飛ばずの父に似たのか、自分はただ実直なだけの男だ。自分が母の立場であったら、今頃は、土佐で百姓でもしていたはずなのだ。

今も、母親が何を案じているのかが理解できない。理解できないから、率直に訊ねた。

「何を案じておられるのです。それがしには、井上様のお話は、まことに結構なものと思えまするが」

母親にギロリと睨みつけられた。

「なにゆえ、そう思った」

母が子に問う顔つきではない。年寄が配下の役人に問うような顔つきだ。正利は臆しながらも答えた。

「はい。世に溢れる浪人どもとキリシタンの仕置きは喫緊《きっきん》の課題。手を拱《こまね》いておれば一揆となるとも知れず……」

「それゆえ海の向こうに送り出そうとてか。なるほどそれには一理あると思わぬでもない」

「ならば、何を……」

「大納言の扱いじゃ。かの者を将に据えるとはなんたること！」

正利は小首を傾げた。

「しかし母上。母上は常日頃から大納言様を目の敵になされておられました。大納言様が御自ら日本国を離れようと仰るのです。願ってもない話だと、この正利は考えまするが」

「いかにもじゃ。大納言を駿河に置いておっては、いずれ戦となろう。大納言の気性では、上様に大人しく従っておるとは思えぬ。今は大御所様がご健在であるから、大納言も雌伏しておろうが、大御所様がお亡くなりになれば、いかなる悪謀を巡らせはじめるかわかったものではない」

「その大納言様が西洋の彼方に向かわれるのです。上様に置かれましても、母上にとっても結構な話。枕を高くして寝られようかと存じまするが」

「そこが甘いと言うのじゃ！」

斉藤福は正利を一喝した。

「南蛮の国々を討ち平らげた大納言めが、浪人どもやキリシタンどもや、南蛮の異人どもを従えて戈《ほこ》を逆しまにして、日本国に攻め入ってきたらなんとする！」

「は……」

「は、ではない！　大納言めが南蛮で敗れ、いずかたとも知れぬ南の島で討ち死にするならそれもよし！　なれど万が一にも南蛮に大封を得て、南蛮の将軍として日本国に攻め込んでまいったらいかがいたすつもりなのじゃ！」

「は、はぁ」

「そこまで考えたうえでそのほうは――井上正就めも、大納言に献策いたしたのか！」

「それでは母上は、大納言様をいかに処遇すべきだとお考えなのですか。母上のご懸念のとおり、大納言様をこのままにしておけば、いずれ江戸と駿河の大戦となりましょう」

「わかりきったこと。大納言めは、日本国に留め置いたまま殺す」

「ええっ」

「何を驚いておる。上様の御為を思えば当然のことではないか」

「母上様は……」

正利はゴクリと唾を飲んだ。恐怖に震える目で、母親の顔を見つめた。蠟燭に照らし出された顔面の皺が、黒く細い影を満面に刻んでいる。（まるで妖怪だ）と自分の母の顔ながら、正利は思った。

（やはり、大御台様《おおみだい》は、母上の手で命を絶たれたのか……）

二年前、秀忠、家光、忠長は、揃って京に上洛した。その留守中に突然、お江与が死んだ。

お江与が暮らしていたのは江戸城の奥御殿（のちの大奥）である。そして奥御殿の責任者は斉藤福であった。

斉藤福が陰謀逞しい猛女であるということは誰でも知っている。「大御台様はお福殿に殺されたのに違いあるまい」と、皆、声をひそめて噂していた。

不名誉な噂は正利の耳にも届いた。普通の子ならば母の悪評は否定する。しかしなんと正利は、（やはり母上が手を下したのではあるまいか）などと思っていたのだ。

その疑惑が確信へと変わっていく。正利の背中に嫌な汗がジットリと滲んだ。

「母上……、母上は、大納言様も、手にかけようとのお考えなのですか」

『も』のところに力を入れて訊ねた。お江与を殺したのでなければ母は「も、とはどういう意味じゃ？　妾は誰も殺してなぞおらぬぞ」と答えるであろう。

しかし斉藤福は、息子の期待に反して、得たりと頷き返してきたのだ。

「大御所様がご健在のうちは、さすがに手出しはできぬがのぅ」

先ほどは『今は大御所がご健在だから、大納言は大人しくしている』などと言っていたが、なんのことはない。己がそう考えているから、相手もそう考えているに違いないと決めつけていただけなのだ。

「母上！」

正利は慌てふためいた。偃武の世に育った若者には、戦国育ちの人間の苛烈さや冷酷さにはついていけない。

「わかっておる」

斉藤福は息子を制した。

「上様に子がない今、大納言を殺せばお世継ぎがいなくなると言いたいのであろう」

けっしてそんなことを言いたかったわけではない。わけではないのだが、では何を言いたかったのかといえば、抽象的な善悪論でしかない。これでは冷徹な政治人間の母親を説得することは難しい。

正利は、自分でも何がなにやら、わからなくなってきた。

とにかく、母親が忠長を殺すつもりであることは理解した。その期日は大御所秀忠が死んだときだ。

(それまでになんとか善処せねばならない。大納言様を——)

と、そこまで考えて、忠長をどうすれば忠長は救われるのか。その方策がほとんど立たないことに気づかされた。

「とにかくじゃ」

斉藤福が改めて口を開いた。

「大納言めに浪人どもやキリシタンどもを与えてはならぬ！　浪人とキリシタンは恐るべき軍兵じゃぞ！　妾はこの件、天海様にお伝えする。正利、ご苦労じゃった」

斉藤福は会談を打ち切ると、奥御殿の奥深くへと戻って行った。

正利は言葉もなく、母の後ろ姿を見送った。

二

長崎奉行所代官、末次平蔵の館は長崎湾を見おろす坂の上にある。日本風の家屋に唐の様式の屋根と窓がつき、さらには西洋風の塔まで備えつけられた不思議な造りの屋敷であった。そんな珍妙な建物も長崎の町にはよく似合う。

長崎はまさに天然の良港だ。岬や島々が防波堤の役目を果たしてくれていて、終日波は穏やかだ。明国や朝鮮から渡ってきたらしい異国船が碇を下ろしている。交易の品々が艀《はしけ》で盛んに運ばれていた。

「大層な賑わいでござるな！」

大津彦は窓から身を乗り出して歓声をあげた。船の数を数え、荷の数を数え、これほどの貿易であれば一日に何万貫の儲けとなるであろうか、と考え、ここに自分が菊池一族を従えて加われば、どれほどの儲けに与《あずか》ることができるであろうか、などと考えて、腹の底から大笑いをした。

「まこと、宝の海じゃ！」

海の向こうに宝の山が積まれているとも知らず、日本人は狭い国土を奪い合って、戦を繰り返してきた。そして徳川家は、その狭い島国の覇権ばかりを気にかけて汲々としている。

（まったく愚かしいことだ！）

徳川家が国内に気を取られている隙に、こちらはどんどん、海の彼方に勢力を広げてやる。徳川家が気づいたときには海の向こうにもう一つの政権が完成しているのだ。

その政権の将軍には誰が就任するのか。

（それは俺だ！）

大津彦は満腔の野心を膨らませて高笑いをした。

そこへ、一人の老人が入ってきた。

「ご機嫌のようだな、西郷殿」

この老人こそが、実質的に長崎を牛耳《ぎゆうじ》っている実力者、末次平蔵である。

末次平蔵は天文十五年（一五四六）の生まれだという。この説が正しいとしたらこの年、八十一歳（満年齢）だったということになる。

古稀（七十歳）が「古来稀なり」と言われた時代の八十一歳だ。桶狭間の合戦の年に九歳。信長が武田家や、浅井、朝倉連合軍を相手に苦戦していた元亀《げんき》二年頃に長崎に移り住んできて、貿易の仕事を始めた。

長崎の住民たちの目に彼の姿は、仙人のように映っていたことだろう。

長崎奉行は長谷川《はせがわ》権六《ごんろく》であったが、徳川家より派遣されてきた奉行も長崎に勢力を張る代官たちの力を借りなくては何もできない。それをよいことに平蔵は、ほとんど独力で長崎の海上貿易を仕切ってきた。高砂を占領したオランダが、朱印船に対して一割の関税を求めてきたが、末次平蔵はその使者のヌイツを妨害しつづけた。

下手をすれば日本とオランダの戦争になりかねない暴挙だが、末次平蔵は今のオランダには日本を攻める余裕などないと見て取っている。相手の弱みにつけこんで高圧的な外交を（幕府に代わって）展開していたのだ。異常なまでに覇気のありすぎる老人であった。

日本の貿易を仕切る大立者であるから、長崎の住人に限らず、明国人も朝鮮国人も南蛮人も紅毛人も、末次平蔵には十分に気をつかって対している。

しかし大津彦は、臆した様子もなく微笑み返した。

「我ら菊池の一族が末次殿と手を携えれば、ますますこの長崎も栄えよう。我らもいかほどの利を得られようか、などと考えていたら、なにやら心が晴々としてまいりましてな！」

「これは正直な物言い」

平蔵は思わず含み笑いをした。

「しかしたしかに、菊池党の力は頼りがいがあります」

「左様でござろう！　このわしに任せなされ。菊池の者ども、南蛮の地でいかようにも働かせてみせよう！」

大津彦は末次平蔵に対しては、自分こそが菊池一族の族長であると言わんばかりの態度をとっていた。平蔵のような男と対等につきあうには、それが有効だと信じていたからだ。

「大御所様のご生母、西郷ノお局様も我が家から出た分家筋にあたられる！　わしは徳川にも通じておるのだ！　末次殿、このわしに万事任せておけば、なんのご懸念もござらぬぞ！」

大津彦は二言《ふたこと》めには、西郷ノ局――宝台院との繋がりを口にした。

「それはますます頼もしい」

平蔵としては耳にたこの物言いなので、「ああ、またか」という顔つきをした。大津彦の物言いは、ときとして老人よりもくどい。

「しかしですな、西郷殿」

「なんでござろう？」

「菊池ノ里に菊池彦様がお戻りなされたと、それがし、耳にいたしておりまするぞ」

平蔵が探るような目で大津彦を窺った。その目の前で大津彦は「げえっ」と叫んで表情を変えた。

「だ、誰が……そのようなことを……」

「倭寇の明人たちじゃ。なんでも先日、東国から菊池彦様を運んできたとか、誇らしげに自慢してまわっておったわい」

「な、なんじゃと……！」

自分を大物に見せたがる者たちは、自分が大人物と関わっていることを吹聴したがる。大津彦がまさにそういう人間なのだが、大津彦は自分のことは棚に上げて憤慨した。

（末次殿は、まさか、菊池彦に関心を持たれたのではあるまいな）

末次平蔵が菊池彦と直に提携したりしたら、自分の居場所はなくなってしまう。

慌てる大津彦を尻目に、平蔵はさらに驚くべきことを言いだした。

「菊池彦様は倭寇の一官党とも親しいようじゃ。さすがは菊池一族の長じゃな」

そこまで知られていたとは。

南蛮人や紅毛人たちが高砂やフィリピンにまで後退した今、九州の交易のほぼ半分は明人擬倭が担っている。末次平蔵としては、これまで以上に倭寇の力を頼りとせざるをえないだろうし、だとしたら、菊池彦とも親しく関係を結びたいと考えているのに違いない。

「どうじゃな、西郷殿。一度菊池彦様を長崎にお連れしてはくれぬか。いや、本来ならこちらから挨拶に出向くべきなのじゃが、なにしろ菊池ノ里へは何者も近づけぬでのぅ」

大津彦にとっては最も忌ま忌ましいことを言ってくる。大津彦はうろたえながら返事を濁した。

「しかし、そのぅ、あの御方は風に流れる雲のようなお人での……。今、どこを流れ歩いているものやら……。連れてきてくれといわれても、ううむ……」

「なんじゃ、西郷殿は菊池彦様とは疎遠であるのか？」

「ま、まさか！　何を仰せなさる！　このわしは西郷家の頭領！　菊池一族でも大きな派を成す一門ですぞ！　菊池彦のほうから挨拶がある家柄じゃ。どうして疎遠だなどと、そのようなこと、あるはずもない！　わははははは」

最後には空笑いして誤魔化した。

「左様か。ならばこれからも西郷殿には、ますますのご助力を頼まねばならぬの」

「お、おう。任せておかれよ」

菊池一族の代表としての助力ではなく、菊池彦との橋渡し役としての助力となってしまい、大津彦としては不本意きわまる結果なのだが、いまさら末次平蔵の機嫌を損ねるわけにもいかず、虚ろな顔つきで愛想笑いなど繰り返しながら、何度も頷き返したのであった。

「早速じゃが」

老人の目がギラリと光った。

「菊池ノ衆の、活きのよいのを見繕って来てくれぬか」

「ほう。活きのよいのとは、武芸自慢の若衆をご所望と受け取ってよろしいかな」

「左様じゃ」

今度は一転、大津彦は、末次平蔵から直々に依頼を受けた嬉しさに小躍りしたい気持ちとなった。（わしもここまで認められたか）と嬉しく思っていたのだが、顔には出さないように努めながら、訊ね返した。

「菊池ノ者が要りようとは？　いずかたへ船を出されるおつもりかな」

末次平蔵は即座に答えた。

「高砂じゃ。タイオワンの湊に乗り込む」

「えっ……」

大津彦は絶句した。まじまじと老人の顔を見つめ返した。

末次平蔵は両目を炯々と光らせながら、不敵な面構えを崩さない。大津彦はすこしばかり、不安な気分になってきた。

（この年寄り、頭が耄碌してきたのではあるまいな）

物見のためにゼーランジャ城に接近した夜のことを思い出す。石造りの城壁では次々と大筒が火を噴いて、轟音とともに飛来した砲弾が船のすぐそばで水柱を立てた。

（そんな所に乗り込むというのか）

大津彦は末次平蔵の正気を疑った。

「す、末次殿……。過日はこのわしもゼーランジャ城に近づいたが、とてものこと、あの城は……」

冷や汗を滲ませながら、おずおずと口にすると、末次平蔵は、老人にしては綺麗に揃った歯を見せて笑った。

「これは！　勇猛で知られた菊池衆の長老らしからぬ物言い」

明らかに揶揄されて、大津彦はムッと顔つきをしかめさせた。

「このわしとて、陸《おか》の上ならば恐れるものなど何もないが、しかし、船の上では得意の刀槍を振るう余地とてない。成す術《すべ》もなく大筒で撃たれるのは御免じゃ」

武芸の心得には疎い大津彦だが、売り言葉に買い言葉で言い放った。

末次平蔵は、長崎の顔役であるが本業は商人だ。そこは如才なく「ややっ、これは失言でござったわ」と詫びた。

「なれど此度は、城から撃たれる恐れもござるまい」

「なにゆえ、左様に言いきれる？」

「我らには、高砂の使節がついておるゆえ」

「高砂の使節？　『高砂を将軍家に献上したい』と末次殿が言わせた、あの島民たちのことでござるか」

「いかにも」

「あんな者たちに何ができる」

高砂は国の態《てい》を成していない。王もいないし、島民たちも、自分たちが高砂の国民だなどとはまったく思っていなかった。だからオランダ人が乗り込んできたときにも抵抗をしなかった。あっと言う間に占領を許したのである。

国家の態を成していないのだから外交使節団とは言えない。オランダ人たちが遠慮をするとは思えなかった。

大津彦が疑念を呈すると、

「しかしだな」

と、末次平蔵はつづけた。

「かの島民どもは、公方様《くぼう》からの土産をもらっておる。江戸の公方様が高砂の使節と認めたのだ。だからこそヌイツは、公方様への面談が叶わなかった」

「ヌイツ？　オランダの役人か」

「左様。きゃつめはタイオワンの湊奉行をやっておる」

行政長官の立場を平蔵は日本語で説明した。

「一方、かの島民たちは公方様から土産まで持たされた使節じゃ。オランダは日本と貿易がしたいから、高砂まで乗り込んできた。公方様の機嫌を損ねることなどできはせぬ」

平蔵はカラカラと高笑いした。

「島民を運ぶ我らの船を遮ることはできぬのよ！　かの島は公方様のお声がかりで我らと商いをするのだ。ヌイツなどに邪魔することは到底できぬわ！」

平蔵としては「もはや勝負あった」の気分であろう。高砂の島民は家光の臣下と見做された。一方のヌイツは追い返された。この差は大きい。

「フン、愚かなオランダ人め。湊奉行のヌイツなどをよこしたところでどうなるものでもあるまいに。考えてもござれ。長崎奉行が明国に乗り込んだとして、明国の皇帝が長崎奉行を日本の使節だと認めようか？」

「たしかに」

ヌイツによる家光への面会が叶わなかった理由は、幕府がヌイツをオランダ王国の代表だとは思えなかったからでもあったのだ。

それだけオランダは焦っていたとも言える。オランダ王の国書を携えた公式使節が日本に到着するには一年近くかかる。その間、タイオワン行政府は、末次平蔵の対幕府工作を眺めていることしかできない。

「とはいえ、これで黙っているオランダ人とも思えぬがな」

平蔵は用心深く言った。海上貿易の船乗りたちは商人であるが、冒険家でもある。危険を冒すことも厭わないはずだ。

「それゆえに、念のためにの、菊池ノ衆を連れてきてほしいのだ」

「む……、むぅ」

大津彦は末次平蔵の話を呑み込んだうえで、考え込んだ。

（公方様のご威光で、これから高砂の島が日本のモノとなるのであれば、これこそ好機というべきだが）

自分の目で見てきたように、高砂の島は巨大であった。もしかしたら九州全体よりも大きいのではないかと大津彦は思っている。

（その島に、わずかにしか人が住んでおらぬ）

乗り込んでいって田畑を切り拓けば、広大な国土の領主となることができるはずだ。

そのとき、大津彦の脳裏に菊池彦の面影が浮かび上がった。

（悔しいが、わしはあの若造に敵わぬ）

太閤の遺児でもある真珠郎を押し退けて、自分が菊池彦となることは不可能だろう。

（それならば……、高砂に、新しい菊池ノ里を造ればいいではないか）

高砂菊池党を結成するのだ。

（高砂と菊池ノ里とでは広さが比べ物にならぬぞ）

高砂菊池党はすぐに、本家菊池一族を圧倒するに違いない。

（面白い……！）

大津彦は満腔に野心を膨らませながら笑った。

「末次殿！　この話、喜んで一枚嚙ませてもらうぞ！　菊池の者を何人でも引き連れてまいろう！」

「左様か。……いや、色好いご返事、かたじけない」

末次平蔵は大津彦の引きつった笑みを、微妙な顔つきで見つめている。海千山千の商人からすると、この手合いの人間は、少々危なっかしいところがあると感じていたのだろう。

「それにしても……」

末次平蔵は窓の外に目を向けた。

「菊池彦様は今、いずこの空の下におられるのやら……」

叶うならば菊池彦本人と会って話がしてみたい。末次平蔵の耳にも、菊池彦という快男児の噂は届いていた。

三

信十郎は湊から高台の屋敷を見上げた。笠を片手でチョイと上げて、視線を丘の上に向けた。

「あれが、噂に名高い長崎の乙名《おとな》、末次平蔵殿の屋敷か」

青空の下に不思議な館が建っている。

「あれに似た塔はゼーランジャ城でも見た。オランダ人に倣《なら》って物見台を建てたのだな」

鬼蜘蛛も眉の上に小手をかざして館を見上げた。

「長崎奉行を差し置いて、長崎の町を牛耳っとる顔役や。さすがにえげつない屋敷を構えておるもんやな。えげつない儲けを出しとるのやろ」

何事にも一腐り文句をつけなければ気がすまない。下唇を尖らせて末次屋敷を腐した。

「商いで儲けているのに、文句をつけられる謂われはなかろう」

「ま、それはそうや。しかし末次っちゅう老体、朱印船でオランダの戦船《いくさぶね》とも争っとるっちゅう噂や。油断はならんでぇ」

「うむ」

信十郎は笠を戻して歩きはじめた。

桟橋に艀が繋がれている。明国の男たちが荷を下ろしていた。長崎奉行所の役人たちが帳面と算盤を片手に監察している。

長崎奉行所の役人たちは、刀こそ差しているが、生まれも育ちも商家であったりする。刀の横に算盤も差していた。奉行所の仕事が滞りなく進むように、現地の才覚者が雇われているのだ。雇われているあいだだけ武士待遇となり苗字帯刀が許される。長崎に限ったことではなく、農村を支配する代官役所にも、そのような雇われ役人たちが大勢働いていた。

「おう、来たとか」

艀の上から明るい声が降ってきた。桟橋とのあいだに渡された板を騒々しく踏んで、鄭芝龍が走ってきた。

「菊池ン里に帰ったばかりだと思っとったのに、もう追い出されてきたとか」

鄭芝龍の軽口に鬼蜘蛛がムキになって反論した。

「追い出されてなどおらん！　長崎見物に来たのや！」

信十郎は苦笑いして頷いた。

「どうやら菊池ノ里は、南蛮との交易に身を入れることになったようなのでな。それならば長崎を知るにしくはないと思ったのだ」

「まっこと、尻の定まらん男たい」

「うむ。それを言われては一言もない」

たしかに、一所には留まっていられぬ性分のようだ。

（……それに、俺が一所に留まっていては、その土地の者に迷惑がかからぬとも限らぬからな）

生まれたときから命を狙われる宿命を背負わされてきた。菊池ノ里だって、自分が留まっていなければ、宝台院配下の忍びに襲われることもなかったのだ。

信十郎の憂悶などには気づかぬ様子で、鄭芝龍が朗らかに笑った。

「ならばどこへ行く。どこへなりとも案内しようたい。長崎奉行の長谷川大人《たいじん》の館か。それとも末次爺《エー》（旦那）の館のほうがよかろうか」

「ふむ」

菊池一族を代表して挨拶をせねばならぬのだろう。などと思っていたとき、哀切な悲鳴が、湊の向こうから聞こえてきた。

「な、なんや」

鬼蜘蛛が思わず跳ねて身を翻し、悲鳴がしたほうに身体を向けた。信十郎が目を向けると、役人に縄で縛られて引き立てられる数人の男女の姿が見えた。

「なんや。盗人どもか」

鬼蜘蛛が呟くと、鄭芝龍が「いや、違うばい」と答えた。

「あれは、キリシタンたい」

信十郎は聞き返した。

「キリシタン？」

「うむ。長谷川大人は、キリシタンの信徒を見つけ次第に縄を掛けてくさ、牢獄ば入れとるとよ」

「なにゆえ」

「戦たい」

「戦？」

「江戸の大公儀は、ヌイツの報復ば怖がっとるたい。いつオランダが攻めてくるかもわからん。そう思っとるばい」

信十郎も、戦国の余波の残る時代に生まれ育った男だ。外国が攻めてくると聞いても、「そんなことはありえない」とは思わない。ましてゼーランジャ城をこの目で見てきたばかりだ。

「オランダが攻めてくるとして、なにゆえキリシタンを捕らえねばならぬのだ」

「キリシタンは日本とオランダのどちらに加担するかわからんとよ。九州のキリシタンにとっては、江戸に住まう大君なんぞ、なんの縁もなか。親しみも感じなかよ。バテレンの司教のほうがよっぽど身近なトノサマたい」

「なるほど」

だから幕府は、キリスト教国が攻め込んでくる前に、国内のキリシタンを捕まえて改宗させるか、海外に追放するか、あるいは死罪にするかせねばならないと思い極めたということなのか。

信十郎は鄭芝龍に訊ねた。

「戦になるのか」

鄭芝龍は答えた。

「なっても不思議はなかばってん、江戸の大君も、オランダの総督も、戦をするより商売をしたほうがよか、とは、思うとろうばい」

「そうだといいのだが」

この時代の海上交易は、海賊行為や領土の奪い合いとも重なり合っている。

(こんな熾烈な争いの海に、我らも乗り出していくのか)

商売に精を出すから、平和に、幸せになれるとは限らないようだ。

信十郎は（いい加減、この世の厳しさはどうにかならないものなのだろうか）と、心の中でこぼした。

「さて、どうするシンジュウロ。末次爺の屋敷に行くか」

ここで信十郎が同意すれば、末次屋敷で大津彦と鉢合わせをして、ちょっとした騒動が起こっていたのであろうが、信十郎は首を横に振った。

「どうやら、菊池一族の行く末については、もっと慎重に、より深く考えねばならんようだ」

肝心の大御所秀忠と将軍の家光が、海外交易やオランダをどうしようと考えているのか、それを知ってから動きだしても遅くはあるまい、と信十郎は考えた。

四

小鳥は鍬を手にして畑に出た。

まだ春先だが肥後国は南国である。そろそろ畑を掘り起こして、種まきに備えなければならない。

小鳥の家にも狭い畑があった。去年までは一日じゅう遊んでいるのが仕事であったが、そんな生活が許されない年齢になっていたのだ。小鳥自身も、自分がもう子供ではないことに気づきつつある。自分より幼い子供と一緒になって走り回ったり、悪戯をしていても楽しくない。子供の遊びを面白がる年齢ではなくなりつつあったのだ。

とはいえ、田畑を耕すなどという根気のいる仕事は、まったく性に合わなかった。

(里の外に出たいな)と、阿蘇の山並みを見つめながら思う。

この里の外には広大な天下があり、その天下を囲む海原はさらにもっと広大だった。

(オイラ、海で暮らしてみたい)

あの船乗りの勧めに従って、末次とかいう長崎の顔役の許を訪ねてみようか、などと考えている。浜田弥兵衛という船長《ふなおさ》は、帆柱を猿のように渡る小鳥をずいぶんと高く買ってくれた。「船に乗りたければいつでも来い」と言ってくれたのだ。

もちろん、船乗りは危険な仕事だし、作業も辛い。しかし、畑仕事は小鳥が死ぬまで毎年延々と、同じ作業の繰り返しだ。

（爺《じじい》になるまで毎日同じことの繰り返しだなんて、気が遠くなるよ）

自分のような性分の者に務まる仕事ではないと子供ながらに理解していた。

それでも黙々と鍬を振るう。空を見上げながら（この空はタイオワンの、紅毛人の城の上までつづいているんだなぁ）などと夢想した。

空の下を流れ歩く暮らしというものは、きっと毎日が驚きの連続であるのに違いない。そんな暮らしがしてみたい。

（あの武芸者様は、今、どこの空の下にいるのかな）

ふと、一人の武芸者の面影が脳裏を過った。

里が襲撃された夜、西郷伝九郎の魔手から救い出してくれた恩人だ。

（あんな凄いお人は見たことがない……）

まだ幼かった小鳥の目で見ても、隔絶した武芸の持ち主だと理解できたのだ。

（菊池彦様と戦ったら、どっちが強いかな）

菊池一族の一人として、菊池彦が負けるなどとは思いたくない。（だけど……）と小鳥は思うのだ。もしかしたらあの武芸者は、菊池彦様より強いのかもしれない。せめて名前ぐらい訊いておくべきだった。と小鳥は悔やんだ。

しかし、名前を知ってどうするのか。居場所を見つけて駆けつけて、弟子入りでもするというのか。

（うん。それも面白いかもしれない）

長崎に行って船乗りになるか、それともあの武芸者を見つけ出して弟子入りするか。どちらの道を選んでも、冒険に満ちた暮らしが送れそうだ。小鳥の胸は弾んだ。

そのとき、「おーい」と誰かの呼ぶ声がした。小鳥は顔を上げた。

畦道を百舌助が走ってくる。小鳥に駆け寄って「やあ」と挨拶した。

それから百舌助は、畑に目を向けて呆れ顔をした。

「なんじゃこの畝《うね》は。蛇がのたくっているみたいじゃないか」

指摘されて小鳥は自分が耕した畑に目を向けた。ボンヤリと夢想しながら鍬を振っていたせいで、畝がクネクネとうねっていた。

「気を入れて耕さんからだ」

百舌助に笑われたが、返す言葉もない。

「オイラは畑仕事が性にあわん」

不貞腐《ふてくさ》れて吐き捨てると、手にした鍬を投げ捨てた。

百舌助は「俺もお前に畑仕事は無理じゃと思う」と言って、顔を近づけさせてきた。

「畑仕事が忙しいからほかの仕事はしたくない、なんて言われたら、困ったことになるところじゃった。ワイに仕事があるんじゃ」

「オイラに？　どんな？」

「大津彦様が人を集めとる」

小鳥は露骨に顔をしかめた。

「大津彦の仕事なんか嫌だよ」

大津彦の分家の西郷伝九郎には殺されそうになったし、大津彦の娘の奏にも、散々酷い目に遭わされた。それに、大津彦本人の情けない人格は、先日の航海で嫌というほど見せつけられたのだ。

「百舌助兄ィ、悪いけどほかをあたっておくれよ。オイラ、畑仕事が楽しくなってきちゃったんだ」

心にもないことを言って、鍬の柄《え》に手を伸ばした。

すると百舌助は、ちょっと意地悪そうな笑みを浮かべて言った。

「長崎の、末次平蔵旦那の船に乗る仕事だぞ」

「えっ」

小鳥は鍬を放り出して、喜々とした目を百舌助に向けた。

百舌助は、罠の仕掛けに獣がかかるのを見届けたときのような、会心の笑みで頷いた。

「高砂のタイオワンという湊に行くそうだ」

「高砂？　あの、オランダとかいう国のお城がある島かい」

「ああ。大津彦様の話では、今度は大筒で撃たれることもないだろうってさ。大津彦様に長崎代官の末次旦那が請け合ったそうだよ」

「ふぅん。大津彦の話じゃ当てにならないけど、長崎の親分の言うことなら、間違いないかもな」

「そういうことだ。どうする、行くか？」

「う、うん……」

一瞬、菊池彦の顔が脳裏を過《よぎ》った。久しぶりに菊池彦が帰って来たのだ。できるだけ菊池彦のそばにいたい。小鳥は菊池彦が大好きだった。大嫌いな畑仕事をしているのも、家業を疎かにして菊池彦に叱られたくなかったからである。

「菊池彦様がせっかく帰って来たのに、入れ代わりにオイラが里を出て行くってのも、つまんないよな」

「それは俺も同じだよ。でもこの里の男衆は、外で働いて、菊池彦様の耳目《じもく》となるのも務めだからな」

芸人となり、商人となり、あるいは船乗りとなり、全国津々浦々どころか、海外の情報もかき集める。菊池ノ里の者たちは、生きざまそのものが忍びなのだ。

「そうだね」

いずれにしても、船にはまた乗ってみたいと思っていたのだ。大津彦の指図というのは不愉快だが、それ以上に、海に出てみたいという欲求が勝った。

「よし、行くよ。どこへ行けばいいんだい」

「大津彦様の家の下僕が人を集めてる。大津彦様のお屋敷に行けばいい」

途端に小鳥はしり込みをした。

「どうした？」

「だって、あのお屋敷には奏がいるだろう……？」

妖怪のように恐ろしい娘だ。

百舌助は小鳥の背中を押した。

「蔵に閉じ込められているから大丈夫だよ。さぁ、行くぞ。早く行かないと別の若衆が先に名乗りをあげてしまうぞ」

百舌助も西洋や南蛮への好奇心を押さえかねているようだ。逸《はや》る足取りで大津彦の屋敷へ歩きはじめた。

小鳥も腹を決めた。

「鍬を家に戻してから、あとを追うよ」

急いで鍬を担ぐと、家に向かって走った。

五

数日後、百舌助と小鳥は長崎に入った。

「ここが長崎かよ……」

百舌助が目を丸くさせている。

「なんて大きな湊町だろう」

肥後にも湊はあるけれども、まったく比べ物にならない。入り江には大小のジャンクや和船が停泊している。紅毛人の船らしき異船が白い帆を広げてもいた。

ジャンクであれば熊本の湊にも来航するが、紅毛人の船などを近くで見るのは初めてだ。

船着場では赤毛の船員たちが明国人を介して長崎奉行所の役人たちと話し込んでいる。公用語は福建語であるようだ。湊のあちこちで、日本人たちまでもが、早口の福建語でやりとりしていた。

「なんだか、異国の町に迷い込んじまったみたいだ」

あっちを見たり、こっちを見上げたりしているうちに頭がクラクラとしてきて、百舌助は道の真ん中に彷徨い出た。

そこで大きな人影とぶつかりそうになった。雲をつくような大入道だ。見上げて百舌助はギョッとした。

全身に墨を塗ったように黒い男が荷を担いでいる。上半身丸裸で、真っ黒な肌に汗が光っていた。

その黒人水夫は、日本人に驚かれるのには馴れている様子で、ニヤッと微笑みかけてきた。真っ白な歯が鮮やかだ。笑うと愛嬌のある顔だちになった。

百舌助は、この異人も我と同じ人間なのだと気づいた。自分が邪魔で先に進めないのだ。あわててあとずさりして道を開けた。

黒い大入道は自分の船のほうへノッシノッシと歩いていく。大きな背中を百舌助は呆然として見送った。

「異国ってのは、思いもよらぬ連中が住んでいる所なんだな……」

言葉が通じないだけならまだしもだ、紅毛碧眼の異人や、全身真っ黒な異人までいる。

「そんな連中を相手に、大津彦様は商いをしようと考えておられるのか……」

菊池ノ里ではややもすると軽く見られ、小人物だと陰口を叩かれている大津彦だが、やはり菊池の長老の一人だ。恐れも知らずにでっかいことを考えるものだと百舌助はやや、大津彦を見直した。

「なぁ、そうは思わぬか、小鳥――」

傍らに目を向けて、「あっ」と叫んだ。

「小鳥！　どこへ行った」

小鳥の姿がない。いつもの調子で好奇心の赴くままに駆けだしてしまったのに違いない。

周囲は凄まじい雑踏だ。大勢の人々が袖をすり合わせるようにして行き交っている。

顔つきも肌の色も異なり、話す言葉も違う。「こういう子供を見ませんでしたか」と訊ねたくとも言葉も通じない。そのうえ至る所に荷が高く積まれているから遠くまで見通せない。百舌助は焦った。

「あの馬鹿、こんな所で迷子になったら二度と巡り合えぬぞ！」

百舌助は大声で悪罵を吐いた。

すると小鳥が、積み荷の上からヒョイと顔を出した。

「大丈夫だよ百舌助兄ィ」

「あっお前……、なにが大丈夫だよ、だ。戻って来い！」

「大丈夫だったら大丈夫だよ。末次旦那のお屋敷って言えば、この湊の連中は誰でも知ってるよ。そこに行けば大津彦と、大津彦がかき集めた菊池の衆がいるんだろ？」

「あ、ああ……」

「それじゃ兄ィは先に行っていてくれ。オイラは湊を一巡りしてから行くからさ」

百舌助とは違い、小鳥にとって船と湊は一種懐かしいものでもあった。と言ってもただの一度、船に乗って高砂に近づいただけなのだが。

それでも訳知り顔で走りだし、物珍しそうに紅毛人の船や、異国人たちに近づいて行った。

六

小鳥は菊池に伝わる忍びの術を学んでいた。すばしっこさでは誰も敵わぬと、師匠役の老忍も認めている。だが、注意力と忍耐力が足りないので、せっかくの術も見破られることが多かった。

いずれにしても小鳥は、習い覚えた早足で湊を走り回った。紅毛人の船にはペットとして猿が飼われていることがある。その猿が逃げ出したのかと勘違いされるほどの身軽さで、あちこちによじ登っては、視線を彼方に走らせた。

「あの船に乗ってみたいなぁ」

紅毛人の船に目を留める。真っ白な帆布が目に鮮やかだ。もちろん桁に畳まれているのだが、帆柱も桁も、和船やジャンクよりずっと立派に見えた。

船尾には旗が立てられていた。風になびく旗の鮮やかさも気に入った。

「よし」

船は桟橋に繋留されている。太い綱が船から桟橋へ斜めに伸びていた。

小鳥は桟橋に駆け下りると、誰にも見られていないのを確かめて、綱にしがみついた。

「木登りよりずっと楽だ」

スルスルとよじ登っていく。手を伸ばして船縁を摑み、勢いをつけて船内に飛び込んだ。

甲板には人の姿はなかった。水夫たちは港町に繰り出したのかもしれない。小鳥は見咎められないように注意しながら、甲板の上を進んだ。

帆柱の下に立つ。帆柱には縄ばしごのように編まれた綱が張られていた。その上には見張り台があった。

見張り台に昇ってみようか、と思ったそのとき、どこからか異人の声が響いてきた。

何を喋っているのかは当然理解できなかったが、小鳥は異国人の顔や着物を近くで見てみたいと思った。

（あそこに戸口があるみたいだぞ）

甲板の船尾側の端に入り口がある。そこが船乗りの塒《ねぐら》になっているらしい。

小鳥は怖いもの知らずに、その入り口に近づいた。ますます大きく、異人の話し声が聞こえてきた。

小鳥は戸口に忍び込み、木の階《きざはし》を下りた。足音を消して、気息《きそく》も絶っている。

薄暗い船内で蠟燭の明かりらしいものが揺れていた。その部屋に数名の異国人がいるようだ。小鳥は静かに近づいて行った。

(何をやっているんだろう)

紅毛人たちが机を囲んで、険しい顔つきで語り合っていた。机の周囲には、禅寺で高僧が座る椅子に似た物が並べられ、紅毛人たちが腰を下ろしていた。机には大きな紙が広げられていて、紅毛人の大将なのだろうか、一番身形《みなり》の立派な男が立ち上がり、机の上の紙を指差しては、不機嫌そうに怒鳴っていた。

(戦評定かな)

船でも戦をするのだということは、前回、船に乗ってオランダ船と戦ったから、理解していた。

(もしかして、この船、日本の船と戦うつもりなのかな)

彼らの本国がどこにあるのかは知らないが、はるばると旅をしてきて、周りはほとんど日本人という状況で戦うというのか。だとしたら恐ろしいほどの度胸だが、勝算はあるのだろうか。

(あっ、こっちに来た)

立ち上がった紅毛人たちが小鳥が潜んだ出入り口のほうにやってきた。小鳥は追われるようにしてその場を離れた。見つからないように、暗いほうへと進んでいくと、階下に通じる階段があった。

小鳥はさらに下の階へと下りた。

その階は荷を積む船倉のようだった。木箱や俵などが置かれている。隠れるのには都合がよい。小鳥は奥の木箱の裏に身を潜めた。と同時に紅毛人たちがその船倉にゾロゾロと入ってきた。

大将が、また、大きな声で怒鳴った。

（船乗りってのは、どこの国でも声が大きいんだな）と小鳥は思った。こんな大きな声を出したら船の外にまで漏れてしまうのではないか、と勝手に心配したりしたが、声が聞こえても話の内容が理解できないのでは話にならない。

何を喋っているのかがわからないなら、彼らの仕種や行動を目で見て、推察しないといけない。小鳥は物陰からそっと顔を出した。

紅毛人たちは船倉に置かれた黒い木箱を囲んで立っていた。大将が大工道具のような物を持ち出して、木箱の蓋をこじ開けた。そのとき、箱の横板の黒い塗料が大きく剝がれた。

蓋を外して手を突っ込む。中に入れられていた物を摑み取った。

（なーんだ、鹿の皮じゃないか）

紅毛人は丸められた鹿皮を摑み出したのだ。箱の中身は皮だったのである。

日本国でも鹿の皮は、武具や装束、靴などの原料として珍重されていた。色柄が美しいうえに丈夫な皮だ。しかし日本では鹿はほとんど捕れないので、もっぱら輸入に頼っていたのだ。

紅毛人は商売の打ち合わせをしていたのだ、と小鳥は考えた。途端に気合が抜けた。

（そんなもの、わざわざ見ていることもないよ）

どうやってここから這い出ようかと思案していたそのとき、

（あっ！）

小鳥は目を見開いた。紅毛人が丸められていた鹿革を広げた。その中から突然、鉄砲が現われたのだ。

紅毛人の大将は鉄砲を手にして、唾を飛ばし、なにやら熱弁を振るっている。この鉄砲で、何かをどうこうしてやるのだ、と息巻いているようにも見えた。

（売り物の鹿の皮を見せるような顔つきで近寄って行って、急に鉄砲を突きつけようっていう魂胆かな）

大将の顔つきは邪悪な笑みで歪んでいる。よからぬことを企んでいるとしか思えない。

　そのとき、別の紅毛人が小鳥に気づいて叫んだ。紅毛人たちが一斉に、小鳥に目を向けてきた。

「しまった！」

　いったん気合を抜いたところで驚かされたので、気息の乱れが伝わってしまったのだ。

「まずい！」

　狭い船倉の一番奥に追い込まれた格好になっている。相手は紅毛人の大人たちだ。体格は日本人よりずっと大柄であった。

　嘘や誤魔化しの効く状況ではないだろうし、第一言葉が通じないのだから嘘もつけない。

　紅毛人の若い男が、長い腕を伸ばして小鳥を捕まえようとした。小鳥は箱の上に飛び乗り、思いきり天井へ向かって跳んだ。

　男の長い腕が空振りする。辛くも逃れた小鳥は天井から下がっていたロープを摑むと、振り子のようにして、紅毛人たちの向こう側に飛び下りた。

　紅毛人たちが口々に叫ぶ。「待て！」とか「捕まえろ！」などと叫んでいるのに違いない。小鳥は階を上へ駆け上った。

騒動は船内じゅうに伝わっていたらしい。小鳥が甲板に躍り出るのと同時に、水夫たちが別の戸口から飛び出してきた。

下級の水夫の中には、雇われ者なのだろうか、明国人もいれば日本人らしい者の姿もあった。もちろん紅毛人も黒い肌の者たちもいた。小鳥は行き場を失って、甲板の上を右往左往した。大将たちも追いついて来る。大将が異国語で下知した。水夫たちが一斉に躍りかかってきた。

小鳥は身軽に跳んで、彼らの腕をすり抜け、肩を踏み台にして、舷側に飛びついた。舷側から帆柱へ縄ばしごが伸びている。小鳥は地平を走るような速さで縄ばしごをよじ登った。

水夫たちも縄ばしごに飛びつく。幅の広い縄ばしごに蟻のように群がって小鳥を追ってきた。

小鳥は帆桁に移った。帆桁の先のほうへと進んだ。

「小僧、もう逃げられねぇぞ！」

日本人の雇われ水夫が叫んだ。船の上では水夫は皆一蓮托生の仲間だ。日本人の小鳥よりも紅毛人の仲間のほうが大事であって当然だ。

水夫たちも帆桁を伝ってくる。小鳥は帆桁の端へと追い詰められた。

「小僧、下を見ろ！」

言われて甲板に目を向けると、例の大将が鉄砲を構えて小鳥に狙いをつけていた。

小鳥は、引き金を引かれるより早く、宙に身を躍らせた。

「あっ」

水夫たちが驚いて叫ぶ。目を丸くさせた彼らの視線の先で、小鳥の身体が一回転して、真下の海原に転落した。

大きな水音がして、白い水柱が上がった。甲板の紅毛人たちが船縁に寄って首を伸ばし、水面を見おろす。しかし、小鳥の身体は浮かび上がってはこなかった。

帆桁の日本人水夫が、すこしばかり、痛ましそうな顔をした。

「この高さから飛び込んだら、水面で胸や腹を打たれて気を失っちまう。浮かんでこねぇところを見ると、船底にへばりついちまったんだな」

気を失っていても人体は浮かび上がろうとする。その際に船底の下に潜り込んでしまうと、船底が邪魔で浮かび上がることができない。気を失っているからもがくこともできない。そのまま窒息してあの世行きだ。船ではよくある事故だった。

しばらく水面を見張っていたが、ついに小鳥は浮かんではこなかった。紅毛人の大将が大声で呼び戻す。水夫たちは順に帆柱から降りていった。

小鳥は十分に離れてから、別の船の陰に浮かび上がった。

「滝に飛び込む遊びが役に立ったな……」

夏になると大きな滝に飛び込んで遊ぶ。小鳥なりの度胸試しだ。腕を伸ばして頭から水に突っ込めば、気を失わずにすむことを知っていた。

小鳥は桟橋まで泳いで這い上がった。

(あの鉄砲のことを、大津彦に伝えるべきかな……)

菊池の者としては、長老の大津彦に伝える義務があるのだが、しかし、小鳥は大津彦とその一派が大嫌いだ。

(ま、いいや。どうせオイラたちには関わりのない話だろうからな)

紅毛人たちに見つからないように気をつけながら湊を離れた。町人地にいた商人に訊ねると、末次旦那の屋敷を教えてくれた。なんのことはない。湊のどこからでも見える場所に、豪勢な屋敷が建っていた。

小鳥は屋敷に通じる坂を駆け上っていった。

第六章　タイオワン事件

一

長崎の湊は丘と坂道によって囲まれている。信十郎は坂の上に立ち、出港していく末次船を見つめていた。

さすがは長崎を仕切る乙名の持ち船だ。鄭芝龍のジャンクほどではないにせよ、日本国では五指に数えられるほどの大船であるのに違いなかった。

つづいて、紅毛人の帆船が桟橋を離れた。

「長崎という町は落ち着きがないのぅ」

鬼蜘蛛が得意の皮肉を口にする。真っ白な帆を上げた紅毛人の船を見送りながら、下唇を尖らせた。

鬼蜘蛛は船と海が苦手だ。それだけの理由で船と船乗りまで憎らしい。

しかし、海上貿易の利は誰の目にも明らかで、菊池一族も、肥後加藤家の者も、南蛮との交易に活路を見出そうとして血眼になっている。鬼蜘蛛としては嫉妬にも似た気持ちを抱いていたのだろう。

鬼蜘蛛の悪口はいつものことなので、気にも止めずに信十郎は湊に向かって歩きはじめた。鬼蜘蛛もブツクサ言いながらついてくる。

鄭芝龍の巨大ジャンクが桟橋に繋留されていた。その桟橋では、なにやら騒ぎが起こっているようだ。二十人ぐらいの集団が明人倭寇の船乗りと声高に遣り取りをしていた。

日本人の家族連れのようだ。三家族ほどの集団が明人倭寇と談判している。身形《みなり》は貧しくない。男たちは腰に刀を差している。老母や妻と子供たちが遠巻きになって見守っていた。

そこへ鄭芝龍が、いつもの明るい顔つきでやってきた。信十郎は鄭芝龍に訊ねた。

「あの者たちは、いったいなんだ」

鄭芝龍は集団に目を向けた。

「おう、あれは和人のキリシタンたい」

「キリシタン？」

「そうじゃ。昨今この国では、キリシタン狩りが激しくなるばかりたい。だから逃げ出そうという算段をしておるとじゃろう。逃げ後《おく》れて火炙りにされたりしたらかなわんもん」

徳川幕府の命を受け、キリシタン弾圧や改宗を進めているのは、長崎奉行の長谷川権六だ。長谷川権六の指示は北九州全域に及んでいて、大名たちの領国のキリシタンまでもが容赦なく取り締まられていた。

「先ほど、末次船が南蛮に向かったとよ」

「ああ、見ていた」

「キリシタン一家はそれに乗せてもらおうと思ってくさ、長崎まで来たとじゃが、断られてしまったと。末次爺は長谷川大人の言いつけに従っておるけんキリシタンには辛く当たるとよ」

長崎の役人たちは、形だけでも、長崎代官の命令に従わなければならない。キリシタンに便宜を図ることはできなかったのだ。

「それで仕方なく、オランダの船に乗せてもらおうとしたらしいとじゃが、オランダ人にも断られてしまったという話ばい。そこでオイの船を頼ってきたとよ」

「どうするのだ」

「乗せてやってもよかが、金次第たいね」

「金をとるのか」

日本に取り残されたら幼子ともども火炙りにされる家族たちだ。切羽詰まっているだろう。

「金を取るのが当たり前とよ」

鄭芝龍は悪びれた様子もなく答えた。

「オイは奴隷商人ではなか」

「ふむ」

窮した人々の前に現われ、親切ごかして「船に乗せてやろう」などと言い出す輩はたくさんいる。しかしこういう手合いは往々にして、善人ヅラの陰にあくどい魂胆を隠している。うっかり口車に乗ってしまったら、海の向こうに着いた途端に売り飛ばされてしまうのだ。

真っ当な商人であれば、乗客から運賃を取るのが当然なのである。

鄭芝龍の部下との折り合いがついたのか、キリシタン一家がジャンクに上りはじめた。それを横目で見ながら鄭芝龍が言った。

「これで積み荷は全部のせたとよ。オイたちは南蛮に向かうけん。シンジュウロはどげんすっと」

「そうだな……」

井上正就から、忠長を将とした派兵の相談を受けている。南朝勢力も海外に活路を見出そうとしているようだし、加藤家も清正の代から朱印船貿易に精を出していた。ならば自分も率先して、南蛮に知見を広げなければならない。

「俺も行きたい。乗せてくれるか」

「構わぬよ」

「銭の持ち合わせがないが、奴隷に売ったりしないでくれ」

信十郎が軽口を叩くと、鄭芝龍は真っ白な歯を見せて笑った。

鬼蜘蛛が心底から嫌そうな顔をしている。船に乗ると聞いただけで、早くも船酔いをしたような表情をしていた。

その頃、大津彦と菊池衆の十数名を乗せた末次船は、船頭の浜田弥兵衛の指揮の下、一路、タイオワンの湊へ進んでいた。

小鳥は帆柱の上の見張り台に立って、大海原を見渡した。

「紅毛人の船は、もう見えなくなったね」

長崎の湊をわずかに遅れて出港したオランダ船が、ずっとこの船を追ってくるように見えていた。小鳥は、自分がこの船にいると気づかれてしまったのではないか、だから紅毛人が追ってくるのではないのかと恐怖していたのだが、その船の帆影も、いつしか海原の彼方に消えた。

「紅毛人の船はワシらの船より船足が出るからな」

見張りの若衆が口惜しそうに言う。

「追い越して行ったのに違いないな」

ヨーロッパの帆船は風上に向かって走ることができる。順風を待たねばならない和船やジャンクより遥かに短期間に目的地に着くことができた。

それを聞いて小鳥はウンザリとした。せっかく異国の島に着いても、あの紅毛人たちに見つかるわけにはいかない。

タイオワンの湊を支配しているのはオランダ人だ。もしかしたら船から外へは一歩も出られないのかもしれない。

数日後、嵐や波浪に悩まされることもなく、浜田弥兵衛の末次船はタイオワンの湊に入った。

二

タイオワンは波静かな天然の良港で、いつの頃からか諸国の船が寄港するようになり、すこしずつ湊の体裁が整えられていった。マカオ（フィリピン）と明国沿岸を繋ぐ重要な中継地となって栄えている。

マカオの彼方には太平洋を挟んでメキシコがある。当時のメキシコは銀の一大産出国だ。メキシコから運び出された銀が、マカオとタイオワンを経由して、東アジア世界にもたらされる。明国や南蛮での国際通貨として利用されるのだ。

高砂は国家の体裁も持たない離島であったが、タイオワンをオランダに押さえられたことは、周辺国にとって大きな脅威であった。だからこそオランダは高飛車に出て、一割もの関税を吹っかけてきたのだ。

タイオワン湊の後背にゼーランジャ城が聳えている。いくつもの大砲が外洋に砲口を向けていた。末次船は城壁の前を横ぎるようにして、タイオワンに入港した。

荷を下ろそうとすると早速に、オランダの役人が兵を引き連れてやってきた。兵たちは西洋の甲冑《かっちゅう》に身を包み、手には槍や鉄砲を持っていた。

末次平蔵配下の船長、浜田弥兵衛は、跳ね橋を使って船から桟橋へ降りると、オランダ人の前に立ちはだかった。

「これは江戸の大君から島民へ下げ渡された品々ぞ！　商いの荷ではない！　税はかからぬ。立ち去られよ」

というような意味の言葉を、東シナ海の国際共通語であった福建語で叫んだ。

長崎代官、末次平蔵の思惑とは、すなわちそういうものであったのだ。

タイオワンから運び出す荷は『江戸の大君への献上品だ』と言い訳し、タイオワンへ持ち込む荷は『江戸の大君から島民に下賜された土産だ』と言い訳する。商取引ではないのだから当然に関税はかからない――ということになる。

オランダの役人は顔色を変えた。怒りで顔面を真っ赤に染めた。

当時のヨーロッパ人による日本人の印象は、『乱暴で、残忍で、奸計が巧みな悪党たち』だ。そんなのはお互いさまなのだが、とにかくヨーロッパ人たちは日本人の悪巧みを強く警戒していた。

オランダの役人としては「日本人めが、見え透いた嘘ばかりつきやがって！」という気分であったろう。原住民の十数名を江戸に連れて行って「外交使節団です」などと言い張るとは、よほどの恥知らずにしかできないことだ——と、ヨーロッパの国際外交に照らし合わせて、そう感じた。

しかもである。このニセ外交使節団の言い分が通って、タイオワン行政長官のピーテル・ヌイツが追い返されたのだ。こんな無礼を放置しておいたら、これが先例となってしまう。オランダと日本のあいだの外交と通商が目茶苦茶にされてしまうのだ。

港湾役人は浜田弥兵衛に「無効だ！」と宣告した。

今度は浜田弥兵衛が色をなした。

「無効とは何事！　貴官は江戸の大君のご威光をないがしろにするつもりか！」

長崎は徳川幕府の直轄領。末次平蔵はその代官。そしてこの船は末次家の持ち船だ。船長の浜田弥兵衛としても、江戸の将軍の権威を無視されては黙っていられない。

そして実際にこの荷は、すべてではないにせよ、たしかに将軍から島民に下賜された品なのである。

「関税を払え」「払わぬ」の押し問答が繰り広げられたのち、オランダの役人は怒気も露《あらわ》に戻っていった。

浜田も荷を下ろすことができない。なんといってもこの湊を実効支配しているのはオランダなのだ。

浜田弥兵衛は一歩も譲る気はなく、しかも、こちらの言い分を相手に納得させねばならない。

それでも浜田弥兵衛は楽観していた。

「なぁに、すぐに折れる」

船に戻りながら肩ごしに振り返り、ニヤリと笑う余裕まであった。

オランダが最も強く望んでいるのは日本国との通商だ。日本国の主力輸出品は銀。一割の関税などかけなくても十分に儲かる。オランダ人は間違いなく折れる。辞を低くしてすり寄ってくる、と、浜田弥兵衛は考えていた。


オランダの役人たちは協議がまとまらないのか、末次船の荷の処遇をどうするのかについて、なかなか通達をよこしてはこなかった。末次船の船乗りたちとしては手持ち無沙汰でイライラさせられてしまうのだが、船頭の浜田弥兵衛だけは、「なかなか返事をよこさぬということ自体が、オランダが手詰まりになっている証なのだ」などと嘯《うそぶ》いて、余裕の構えを見せていた。

そんなある日の夜。

小鳥は物見台に上がって夜風に吹かれていた。タイオワンはもう夏だ。暑くて狭い船室などで寝られたものではなかった。

ボンヤリと湊を眺めていて、ふと、気づいた。

(あれは……、長崎でオイラが潜り込んだ船じゃないか)

見覚えのある帆船が湊の端に繋がれている。

たしか、今日の昼までは、そこに船はなかったはずだ。

(いつの間に入港したんだろう)

だが、紅毛人の帆船など、どれもこれも似たような形をしている。長崎では珍しいけれどもタイオワンではありふれた船型だった。

(別の船かもしれないけど、用心したほうがいいな)

湊は紅毛人の奉行が支配している。あの大将や船員たちに見つかって訴えられたら、紅毛人の牢屋に入れられてしまうはずだ。

などと思っているうちに、なにやら猛烈に眠くなった。ゼーランジャ城の城壁も、初めて目にしたときには心を奪われ、一日じゅう眺めていたが、それももう見飽きていた。

小鳥はコトリと眠りに落ちた。

そのままどれぐらい眠っていたのであろうか。小鳥は騒がしい気配を察して目を覚ました。

（なんだろう）

寝ぼけ眼を擦りながら桟橋のほうに視線を落とす。現地の島民たちなのか、布の被りものをした男たちが荷を運んでやってくるのが見えた。

末次船からも人が降りる。桟橋の真ん中でヒソヒソと談合が始まった。

小鳥は帆柱を伝って甲板に下りた。甲板では若衆たちが船縁に張りついて、桟橋の様子を窺っていた。

小鳥は若衆の一人の袖を引いて訊ねた。

「あの男たちは何？」

若衆は桟橋に目を向けたまま答えた。

「島のモンらしい。鹿の皮を買ってくれと言ぅておるぞ」

別の若衆が口を挟んでくる。

「この船に買ってもらおうと鹿皮を持ってきたのじゃが、オランダの役人に遮られて埒が明かんから、勝手に持って来た、と言うとるばい」

水夫も長く務めると福建語を耳で覚えるらしい。それぐらいの逞しさがなければ海外交易には従事できないということだろう。

小鳥は高い垣立に飛びついてよじ登り、船縁から外へ顔を出した。末次旦那の手代が商談を交わしている。「タイオワンに来たのはオランダ人より俺たちのほうが先だ」という気分があるから、オランダ人の港湾役人を介するつもりもないようだ。

「あの箱の中に鹿皮が入っているのか」

小鳥は何気なく目を向けて、ギョッとなった。

「あっ、あの箱――」

見覚えがある。横板に大きな傷がついていて、黒い塗料が剝がれていた。

被りものをした男が蓋を開けた。中には筒状に丸められた鹿の皮が入っていた。男たちは「鹿皮の品質を確かめてもらいたい」という顔つきで、それらの鹿皮を手に取った。

「危ない！　逃げて！」

小鳥は声を限りに叫んだ。周囲にいた若衆たちが驚いて目を向ける。桟橋の手代も首をよじって見上げてきた。結果としてそれが、日本人側の隙となってしまった。荷を運んできた男たちが鹿皮の中から銃を取り出して構える。日本人たちは銃口を突きつけられて、初めてそれに気がついたのだ。

島民に扮していた男たちが被りものを取った。紅毛人や、雇われ者の南蛮人（東南アジア人）が銃を手にして末次船に乗り込んでくる。油断していた日本人たちは桟橋と船を繋ぐ跳ね橋を引き上げることすらできなかった。

紅毛人たちに銃を突きつけられ、末次船の船乗りたちは両手を上げた。ヨーロッパの最新式の銃は、フリントロック式で火縄を必要としない。引き金を引けば火打ち石から火花が散って火薬を発火させる。

手代も若衆たちも顔色を失った。

「まさか、オランダ人がここまでやるとは思わんかったとよ」

紅毛人による別の一隊が洋刀を手にして船の中に飛び込んできた。怒鳴り声がしたと思ったら、浜田弥兵衛が刀を突きつけられながら甲板に出てきた。

長崎一の船頭と呼ばれた男も、こうなっては手の施しようもない。手下の水夫たちも皆、人質に取られている。

小鳥はオランダ人の突入と同時に荷物の陰に隠れた。小柄であるし、素早い動きであったので、オランダ人たちには気づかれずにすんだ。息をひそめつつ、物陰からそっと様子を窺う。

今度は船の舳先のほうから凄まじい怒号が聞こえてきた。船倉に突入したはずのオランダ人が逃げまどいながら甲板に出てくる。そのあとを追って百舌助たちが飛び出してきた。

（菊池ノ衆だ！）

小鳥は歓喜にうち震えた。大津彦の命で招集されて船に乗せられていた菊池衆が反撃に出たのである。

百舌助が鉈《なた》に似た山刀を振り回している。接近戦では鉄砲も役に立たない。オランダの兵士は辛くも銃身で山刀を受けたが、そのまま真後ろに転がった。

オランダの大将が何事か叫んだ。刀を浜田弥兵衛に突きつける。言葉はまったく通じないが、「抵抗をやめろ」と言っているらしいことは理解できた。

菊池衆にとって浜田弥兵衛は、さほど大切な人物ではない。それよりも今は血路を切り拓くことのほうが先決だ。そう考えたのだろう、いったん動きを止めた百舌助たちは、ふたたび喊声をあげて武器を振りかざした。オランダ人たちが動揺して後退する。

ところが、

「ま、待てッ、早まるな！」

そう叫びながら大津彦が這い出してきた。その後ろではオランダ兵が抜き身の洋刀を構えている。大津彦は首筋に刃を突きつけられ、真っ青な顔で冷や汗を流していた。

「おっ、おとなしく武器を捨てるんだ！　い、言われたとおりにしろ……！」

それではまるで脅す側の物言いだが、大津彦としてはそれほど必死であったのだろう。

百舌助たち菊池衆は互いに顔を見合わせた。この船旅についてきた菊池衆は大津彦を長老とする集団だった。長老を人質に取られては無茶もできない。

態勢を立て直したオランダ兵が銃の筒先を菊池衆に向けた。

「仕方ない」

百舌助は半ば呆れ顔で山刀を捨てた。ほかの者たちも得意の得物を投げ捨てる。オランダ兵に脅されながら、甲板の端に集められた。

小鳥は震え上がった。

(どうしよう……。百舌助兄ィたちまで捕まっちゃったよ)

それにしても、と、小鳥は憤慨した。大津彦の意気地のなさはどうであろう。

(菊池彦様なら紅毛人の十人や二十人、簡単にやっつけて、みんなを助け出してくれるのになぁ)

大津彦の娘の奏だって、オランダ男の五人や十人、易々と倒したであろうに。

船倉から高砂の島民が引き出されてきた。高砂の使節と偽って江戸城を訪れた者たちだ。

（あっ、なんて酷い！）

島民たちは足に枷《かせ》を嵌められていた。両足首を繋いだ鉄の鎖は短く、ヨチヨチと歩くことしかできない。

（あれじゃまるで奴隷だよ）

曲がりなりにも江戸の幕府から下賜の品を与えられた者たちへの扱いとは思えない。しかもオランダ人たちは、下賜の品まで勝手に運びはじめたのだ。もちろん親切で運んでくれているわけではない。そのまま没収してしまうのである。

オランダ人たちは『オランダ王国、東インド総督府』の役人たちであったが、当時の東シナ海では、役人や商人の海賊行為など珍しくもない話だ。

浜田弥兵衛も切歯扼腕《せっしやくわん》して見守るよりほかにない。大津彦は頭を抱えて震え上がっている。積み荷は次々と船から下ろされ、島民たちともども、ゼーランジャ城へと引かれて行った。

しかし、それで浜田たちが解放されたわけではなかった。船にはまだ大勢のオランダ兵が残っている。湊からはもう一隊が列を作って乗り込んできた。

この船にいるのはまずい、と小鳥は直感した。海賊行為で船をだ捕されたら、船員たちは遠い国に売り飛ばされてしまう。そういう噂を耳にしていた。

オランダ兵がこちらにやってきた。小鳥が隠れている荷を調べようとしている。このままでは見つかってしまう。小鳥は小猿のように跳んで、垣立に飛び移った。オランダ兵が小鳥を指差して叫ぶ。仲間のオランダ兵が駆けつけてきた。小鳥は身を翻して、夜の海に飛び込んだ。

三

顔に冷たい滴《しずく》がかかった。小鳥は目を開けて、同時に眩しさに顔をしかめた。朝である。小鳥は巨木の枝に身を横たえていた。顔にかかった冷たい滴は朝露であったのだ。タイオワンの湊には朝霧がかかっていた。

夜の海に飛び込んだ小鳥は、真っ暗な水中を夢中で泳いだ。夜の海はほんとうに暗い。どちらが上で下なのかもわからない。もちろん方角も知れない。それでも小鳥は、必死に息を詰めて泳ぎつづけた。末次船から遠く離れてからでないと息継ぎもできない。海面から顔を出したと同時に、銃で撃たれる可能性があった。

気が遠くなるほど泳いで、ようやく顔を出した。荒い息を整えてから周囲を見回し、なるべく明かりの見えないほうへ泳いだ。

陸地に這い上がり、人家を避けてタイオワンの湊を見おろす陸の上の、巨木の枝によじ登り、ホッと一安心したところで、気を失ってしまったのだ。朝まで目覚めることもなく、眠りつづけていたのであった。

(百舌助兄ィたちはどうなったろう)

末次船は今も繋留されているのか。それとももう、どこか別の湊へ移されたのか。

(どっにしても、オイラ、ひとりぼっちだぞ)

末次船があったとしても戻ることはできない。この見知らぬ南蛮の島で、一人で生きてゆかねばならない。

(どうしよう)

食べ物の心配は、まぁ、いらないだろう。小鳥は獣を取る術《すべ》を知っている。暖かい南の島だから動物がいないということはあるまい。

(だけど、菊池ノ里に帰れないのは困るよ)

大海原を泳いで渡ることはできない。かと言って見知らぬ船に乗せてくれと頼むのはもっと危険だ。間違いなく奴隷として売られる。

小鳥は頭を使うのが苦手だ。読み書きや算盤を習うのは大嫌いであった。それでもここは必死に智慧を搾らねばならない。ウンウンと唸りながら考え込んでいると、突然、名案を思いついた。

「そうだ、一官党だ！」

鄭芝龍という親玉が菊池彦様と仲良くしていたはず。

一官党のジャンクは日本とタイオワンを頻繁に行き来しているという。待っていれば、いつかはやってくるだろう。鄭芝龍の名を出して、鄭芝龍の義兄弟の配下の者だと訴えれば、そう邪険にはされないはずだ。日本まで連れて帰ってくれるに違いない。

（なぁんだ、何も難しいことはないや）

気が楽になった途端に腹が空いてきた。小鳥は木の枝を降りると、獣を探すために山の奥へと入って行った。

二日後の午後、驟雨《しゅうう》を伴う雨雲が低く垂れ込める中を、鄭芝龍のジャンクがタイオワンに入港してきた。まだ日のある時刻のはずなのに日没時のように暗い。水先案内の小舟は舳先に松明を掲げていた。

ジャンクはゆっくりと舳先を巡らせながら接岸した。同時に凄まじい大雨が降り注いできた。

水夫たちが繋留の縄を投げる。湊の人足たちがその縄を石の柱に縛りつけた。

鄭芝龍は作業を見届けると、信十郎に向かって言った。

「オイは例のキリシタン一家を引き渡してくるばい。湊の役人に預けると、万が一にも売られるいうこともあるくさ、教会の司教に引き渡さんといかん」

「うむ。俺はどうする」

「好きにしたらよかばってん、湊で騒動など起こしたらいかんよ」

「俺は子供じゃないぞ」

「大人なのに分別がなか。もっと始末が悪かとよ」

言いたい放題言われてしまったが、日頃の行状を思えば言い返すこともできない。苦笑いするしかない。

鄭芝龍は船を降り、信十郎は船に残された。

「あっ、あの旗は……」

小鳥は湊近くの山の上から一官党の旗を遠望し、歓声をあげた。

思いのほか、早くやってきてくれた。小鳥は木の枝を組んで塒《ねぐら》を作っていたところだ。途中まで作業の進んだ小屋を恨めしげに眺める。会心の出来だっただけに捨ててしまうのは惜しかった。異国の島での冒険も、もう少し楽しんでいたかった。

「ま、しょうがないや。大津彦たちが捕まったことを、里のみんなに伝えなくちゃならないからな」

小鳥は獣道を駆け下りて湊に向かった。

(さぁて……、どうやって船に近づこうかな)

湊には至る所にオランダの兵たちが立っている。彼らの目を盗んで行かなければならない。

信十郎は早めの夕食を船内でとっていた。明人が作ってくれた料理が卓に並べられている。大型ジャンクの甲板には大型の櫓が建てられていた。室内も居館そのもののように飾られていた。

数日ぶりに新鮮な食材と水を入手した。いつもは文句ばかりの鬼蜘蛛も、このときばかりは満足そうに舌鼓を打っていた。

信十郎は、ふと、蓮華を持つ手を止めた。

「何か聞こえなかったか」

鬼蜘蛛に訊ねる。鬼蜘蛛は不思議そうに訊ね返した。

「何がや？」

「水の跳ねる音がした」

「当たり前やないか。ここは湊やで」

波の弾ける音や魚の跳ねる音などはしょっちゅう聞こえる。

しかし信十郎は納得せずに立ち上がると、櫓を出て甲板に向かった。

（たしか、このあたりで……）と思い、垣立から首を突き出して下を覗き込んだ。

そして二度三度と首を傾げた。

「小鳥ではないか。そんな所で何をしておるのだ？」

小鳥の小さな身体がジャンクの外壁にしがみついていたのである。

「まさか、長崎の湊からずっとそうやって、張りついてきたのではあるまいな」

小鳥も信十郎に気づいて目を丸くしている。（信じられない）という顔つきで信十郎を凝視しつづけた。

信十郎と鬼蜘蛛は小鳥の話を聞き取った。

「大津彦殿がゼーランジャ城に囚われているというのか」

小鳥は唇を尖らせて頷いた。小鳥なりに気を利かせて、あちこち探り回ったのだ。

末次船には菊池衆の姿はなく、湊の施設にも見当たらなかった。とすれば考えられることはわずかだ。城に囚われているか、すでにどこかへ売られてしまったか。

「大津彦だけじゃない、百舌助兄ィや、里の男たちも一緒さ」

今度は鬼蜘蛛が下唇を尖らせた。

「百舌助め、菊池衆ともあろう者が、紅毛人なんぞに後れをとるとはどういうこっちゃ」

「愚痴はあとだ。今は救い出す手だてを考えねば」

「そうだよ。早くしないとみんな奴隷に売られてしまうよ」

信十郎と小鳥に言われて、鬼蜘蛛はますます不愉快そうな顔つきをした。

「それで、どないするつもりなんや」

信十郎は黙考してから答えた。

「今回ばかりは、一官党の手は借りられぬぞ」

明人倭寇の本業は商人である。オランダは大切な顧客だ。もちろん長崎の末次平蔵も大切な顧客だろうが、どちらか一方に与《くみ》することはしないはずだ。

「義兄弟やろが。『手を貸せ』言うたら否とは言わんやろ」

「そうかもしれぬが、そんな迷惑はかけられぬ」

鬼蜘蛛は、開かれていた船窓越しに、ゼーランジャ城を見た。

「あんな堅固な城をわしらだけでどないせいっちゅうんや」

「我らだけではない。あの城には、大津彦殿とその配下がいる。力を合わせれば活路も拓ける」

「アホか。捕まっとるんやで」

「飛虹（鄭芝龍の字）は、オランダ人が最も望んでいるのは日本国との交易だと言っていた。オランダ人とて、将軍家の代官の末次殿には遠慮があろう」

「何が言いたいんや」

「末次船の船乗りたちは、どこにいるのだ」

「船乗りは捕まらずに船にいるよ」

信十郎は微笑した。

「では、我らも小鳥の真似をいたすとしようか」

立ち上がり、スルスルと服を脱いで逞しい上半身を露《あらわ》にさせた。

夜になった。タイオワンの湊は波も穏やかに静まり返っている。

信十郎は水音をたてないように注意しながら湊を泳いで渡っていく。その後ろを鬼蜘蛛と小鳥がつづいた。信十郎も鬼蜘蛛も衣服と忍びの道具を袋に入れて携帯している。その袋が浮き袋にもなるので、泳ぎが苦手な鬼蜘蛛でも溺れることはなかった。

「あの船だよ」

小鳥が末次船を指し示した。あの日以来、末次船は出港もできずに接岸されたままだ。

鬼蜘蛛が水面から伸び上がって視線を左右に走らせた。

「紅毛人の見張りは見当たらんで」

「武器を奪って人質も取っているからな。もはや何もできぬと高《たか》をくっているのであろう」

信十郎は静かに抜き手を切って、末次船の船腹にとりついた。

「オイラが行くよ。縄を下ろすから待っててくれ」

小鳥は船腹を巧みによじ登っていく。猿のように小柄で身が軽い。すぐに船縁の向こうに消えて、つづいて縄が投げ下ろされてきた。

信十郎はニヤリと笑った。

「小鳥め、役に立つぞ」

鬼蜘蛛は下唇を尖らせた。

「子供をイイ気にさせたらあかん」

自分の活躍の場を奪われたことに嫉妬しているようにも見える。信十郎はますます可笑《おか》しそうに笑った。

二人は綱を伝って末次船に乗り込んだ。

甲板にも人の気配はない。信十郎は小鳥を手招きして、オランダ人がやってきたら知らせるように命じた。小鳥は頷いて、船と桟橋を繋ぐ跳ね橋の近くに身を潜めた。

信十郎と鬼蜘蛛は階を降りて船倉に向かった。

船の中には竈が置かれて煮炊きができるようになっている。鬼蜘蛛は竈に手をかざして、『まだ温かい』と身振りで伝えてきた。下の船倉からは大勢の水夫の寝息が聞こえてくる。

さらに奥へと進んでいくと、明かりの漏れる部屋を見つけた。中から人の声が聞こえた。日本語であった。

信十郎は歩み寄ろうとして、鬼蜘蛛に腕を握られた。引っ張り戻される。鬼蜘蛛の顔つきが『あかんで』と言っていた。

しかし、誰かから詳しい話を聞かないことには今後の方策も立たない。信十郎はズカズカとその部屋に近づいた。

「誰だ？」

部屋の中から誰何《すいか》する声がした。

信十郎は堂々と答えた。

「菊池ノ里に縁の者だ。菊池衆が囚われたと聞いて助けに来た」

戸が開けられて、一人の男が顔を突き出してきた。その目が驚愕に見開かれている。

「菊池の？……ずいぶんと早手回しに駆けつけてきたものですな。菊池の衆は魔物か？」

信十郎としても、こんな偶然は滅多にあることではないと思っている。苦笑いを返すよりほかになかった。

船内のこの一室にだけ畳が敷かれていた。船長の部屋なのだろう。浜田弥兵衛と船の親仁たちが車座になって座っていた。今後の方策について会議していたのに違いない。

信十郎と鬼蜘蛛もその輪に混ざって腰を下ろした。

「あなたがたはよくご無事でした」

信十郎がそう言うと、弥兵衛はガックリと肩を落とした。

「湊奉行のヌイツも、上様を怒らせたくはないようでしてね。わしら船乗りには手出しをしなかったのだが……」

「菊池の者たちは囚われたと」

「浪人と間違えられたのでしょうな。日本の浪人衆は南蛮諸国で引っ張りだこだ。シャムの山田様のように、勇敢に、よく働きなさるから」

「オランダ人が日本の浪人を雇うのですか」

日本の浪人は巧みな戦闘術を身につけている。その腕と軍事知識が高く売れるのだ。

「珍しい話ではありませぬよ。異国の者に雇われるのは浪人衆だけではない。我々水夫だって、オランダ人やポルトガル人に腕を買われて雇われます。逆に、こっちが紅毛人の水夫を雇うこともある」

海図もお粗末で、海流の知識や気象学も未発達だった時代には、現地の海をよく知る水夫や漁師を、水先案内人として雇うことがよくあった。

国民国家という発想は、まだこの時代には存在していない。外国に雇われても売国奴だとは誰も言わない。

「紅毛人の船はたしかに大きいですがね、せいぜい二百人を運ぶので精一杯ですよ。それっぽっちの軍勢では戦もできやしませんから、こちらに着いてから兵を雇わなければならないわけです」

「なるほど」

イスパニアの艦隊が山田長政に撃退された理由の一つが、イスパニアの寡兵にあったのだろう。

信十郎はすこし考えてから浜田弥兵衛に訊ねた。

「浜田殿はゼーランジャ城に入ることができるのですか」

浜田は憤懣やる方ない顔つきで頷いた。

「ヌイツはこっちが頭を下げて、挨拶に来るのを待っていますよ」

「それでは、浜田殿が腰を低くしていけば、いつでも城門は開くのですな」

「そう言うことです」

「それでは」と、信十郎は刀を取って立ち上がった。

「早速ですが、行くとしましょう」

浜田弥兵衛と鬼蜘蛛、それに小鳥が、不思議そうに信十郎を見上げた。

四

「頼みましょう。浜田弥兵衛にござる」

浜田弥兵衛は城門の前に立って、福建語で大声を張りあげた。

城門の左右には大きなかがり火が焚かれている。浜田弥兵衛と二人の男、信十郎と鬼蜘蛛を照らし出していた。

城門脇の城壁には小さな窓があった。紅毛人の役人らしき男が顔を出し、浜田弥兵衛と信十郎たちの顔をじっくりと確かめながら、問い質してきた。

弥兵衛は異国の言葉に異国の言葉で答えた。

「なんと言ったのです？」

信十郎は弥兵衛に訊ねた。弥兵衛はすこし緊張した顔つきで答えた。

「何をしに来たのかと問われたので、関税のことで話し合いたくて来た、と答えました」

城門が重く軋みながら開いた。松明を手にした兵たちが十数名ほど走り出てきて、信十郎たち三人を取り囲んだ。

信十郎は兵たちの顔を一人一人見た。日本人らしい装束をつけ、日本の槍を手にした者もいた。オランダに雇われた浪人に違いない。

兵隊の組頭らしい紅毛人が険しい目つきで睨みつけてきて、語気鋭く声をかけてきた。

「なんと言っているのです」

「あなた様の身元を訊ねています。なんと答えましょう」

信十郎は大声で叫んだ。

「我ら二人は一官党の船に乗って来た浪人だ。いささか暮らしに窮しておる。この城で雇ってはもらえぬだろうか」

浜田弥兵衛が通訳しようとする前に、雇われ浪人が紅毛人の組頭に耳打ちした。たいした者で、すでに二カ国語を話せるらしい。紅毛人の組頭は二度、三度、頷いた。

雇われ浪人が叫び返してきた。

「武芸が得意であるのなら、雇ってやらぬでもないとの仰せである」

「何が『仰せである』や。偉そうに」

鬼蜘蛛が小声で毒づき、信十郎は胸を張って答えた。

「武芸には大いに自負がある、いつでも腕試しをしてご覧に入れる、と、組頭殿にお伝えあれ」

浪人は頷いて、また、何事か囁いた。

組頭は尊大に叫んだ。

浜田弥兵衛は「ついてこいと言っています」と通訳した。

信十郎は「あれ、嬉しや」と、いかにも困窮した浪人らしい顔つきで喜び勇むと、城門の中に入った。鬼蜘蛛と浜田弥兵衛もあとにつづいた。

三人の真後ろで城門が閉じられる。鬼蜘蛛が思案顔で囁きかけてきた。

「数人がかりでしか開閉できない門扉やで。入るのも難しいが、逃げ出すのも難しいわな」

信十郎たちは高い城壁で囲まれた城内に、自ら囲い込まれてしまったわけだ。

それでも信十郎は素知らぬ顔であちこちに目を見向けている。城の造りは日本の城とはまったく異なっていた。配置されている武器も、あまり見たことのない物ばかりだ。信十郎は少年に返ったような顔つきで、好奇の視線を向けた。

まるで田舎から出てきたお上りさんだ。「何もかもが物珍しくて仕方がない」という顔をしている。

そんな様子を紅毛人の兵たちが、小馬鹿にしたような顔つきで見つめていた。アジアの未開人めが、と、腹の中で笑っているのに違いなかった。

信十郎はたっぷりと道化を装いながら、城の道筋や兵の配置を脳裏に刻み込んだ。

それから浜田弥兵衛に近寄って、耳元で訊ねた。

「これからあなたはどうなります」

「ヌイツと談判をさせられるのでしょうな」

「なるべく引き延ばしてください」

「承知した」

城内にはさらにもう一段、高く城壁が築かれていた。日本でいえば本丸に相当する区画であろう。本丸の門が開かれて、タイオワン行政府の高官らしい男が、兵に護られながら迎えに出てきた。

開けられた門を通して本丸内の様子が見えた。豪勢な館が建っている。石壁には漆《しっ》喰《くい》が塗られているようだ。夜目にも真っ白に輝いて見えた。

例の雇われ浪人が「おい」と声をかけてきた。

「そこの二人、お前たちはこっちだ」

信十郎は浜田弥兵衛と別れると、雇われ浪人に従って城内の奥へ進んだ。

城内の一角に奇妙な建物が建ち並んでいる。本丸の建物に比べるとずいぶん粗末だ。

剝き出しの柱を組んで建物を造り、茶色に枯れた葉を重ねて屋根にしている。

「足軽の組屋敷のようやなぁ。日本国の足軽屋敷よりずっとお粗末やで」

鬼蜘蛛が思ったままのことを言った。

「高砂は暑いのだ。日本国のように冬に備えた屋敷は必要ない！」

雇われ浪人が不愉快そうに言い返した。

「それになんだ貴様、これから雇ってもらおうというのに、雇い主を馬鹿にするような物言いなどいたしおって！」

「あっ、つまりわしはやな、身を粉にして働いて手柄を立てて、本丸の御殿に住める身分になりたいものだ、と、左様言いたかっただけなのや」

「雇われ浪人が、湊奉行様のお屋敷に住んだりできるものか」

「そやろか？　シャムの山田長政は、どえらい出世をしたって噂やで。なんや、それならシャムまで足を運んだほうがよかったかいのぅ」

激怒した浪人が拳を振り上げようとしたところで、信十郎が「まぁまぁ」と割って入った。

「ところで貴公、三日ほど前に浪人者が捕まったという話を知らぬか」

「三日前？」

「うむ。朋輩が末次船に乗って来たはずなのだがなァ。浜田という船長の話では、この城に囚われてしまったということでな」

「ふむ。だから貴公は、あの船長とともに来たのか。左様じゃ。末次船に雇われていた浪人は、この城の牢屋に囚われておる。事もあろうに湊役人に乱暴などしおった。ただではすむまい」

「牢屋はいずこにあるのであろう。いや、あまりに険しい石室などに閉じ込められておったのでは可哀相でな」

「案ずるな。あれがそうじゃ」

浪人は彼方の建物を指差した。枯れ葉の屋根の足軽屋敷（オランダ風に言えば兵舎）よりはしっかりとした建物が彼方に見えた。

「左様か。それを知って、ひとまず安堵じゃ」

兵舎に向かって歩んでいくと、先ほどのオランダ人の組頭が、長い木の棒を持ってやってきた。

雇われ浪人が信十郎に向かって顎をしゃくった。

「腕試しだ。まずは貴公がやってみろ」

「おう」

信十郎は棒を受け取って、二度三度、扱《しご》いた。

「これが紅毛人の槍の長さか」

ビュッと振り下ろし、振り上げ、足を踏み替えて体《たい》を回し、前へ後ろへと棒を車輪に振り回した。

紅毛人の組頭が感心した様子で目を見開いた。浪人も、

「なかなかやるな。よし、わしが相手じゃ」

と、もう一本の棒を構えて迫ってきた。

「望むところ」

この時代の試合は『礼』などからは始まらない。いきなり打ち合う。咄嗟に対応できずに打たれたなら、それは油断だ。信十郎が繰り出した棒を、浪人は辛くも打ち払った。

信十郎と浪人は丁々発止と打ち合いつづけた。浪人が死力を尽くして繰り出す一撃を信十郎が受け、払い、代わって攻守が逆転し、信十郎の突きを浪人者がすんでのところでかわした。

浪人者はなかなかの武芸達者であったが、やはり信十郎には敵わなかった。信十郎は加藤清正が目利きして集めた一流武芸者たちの薫陶を受けて育ったのだ。一介の浪

人者では勝負にならない。

それでも信十郎は互角の腕を装い、仕合いを延々と長引かせつづけた。さらには故意に派手な体術を披露して、軽業まがいの跳躍で空中を一回転し、相手の技を避けたりもした。

見ている側にとってはこんな面白い仕合いはない。いつの間にやら紅毛人の兵士たちまで集まってきて、歓声をあげながら観戦を始めた。

（そろそろよかろう）

信十郎は鋭い突きを浪人者の鳩尾《みぞおち》に打ち込んだ。浪人者は真後ろに吹っ飛んで転がった。

紅毛人の組頭が何事か叫んで信十郎を制した。「そこまで！」とか「勝負あった」などと叫んだのに違いない。

伸びてしまった浪人者が、仲間の手で運び出された。それを見守る紅毛人たちの顔つきがカッカと上気している。

わざわざ東アジアなどにやってくるヨーロッパ人は、冒険心に富んだ男たちばかりだ。当然に武芸も大好きなのだろう。

若い紅毛人が勇んで前に出てきて、組頭に何事か訴えた。組頭は「行け」とでもいうように手を振った。

若い紅毛人が棒を手にして信十郎に向かってきた。挑発的な目つきだ。武芸者同士に言葉はいらない。信十郎が頷くと、若い紅毛人は実に嬉しげな顔をした。

「タァァァッ！」

気合一閃、棒を突き出してくる。信十郎は十分に引き付けてから受けた。手に汗握る仕合いの再開だ。今度はオランダ人とアジア人の決戦である。観客たちにとっては否が応でも熱が入る。

オランダ人と雇われ者のアジア人に分かれると、大声をあげて声援を送り、攻守に一喜一憂した。

と、そのとき。

何者かが異変に気づいて、異国の言葉で絶叫した。突然のことに驚いた皆が視線を向けた先で、なんと、兵舎が炎をあげていた。

信十郎の対戦相手も火事に気を取られている。信十郎は軽々と相手の胸元を突いて昏倒させた。それから大声で「火事だ！　火事だぞ！」と日本語で叫んだ。通じなくてもよい。混乱を大きくさせるのが目的だ。

組頭も火事に気づいて何事か叫んだ。紅毛人の兵たちが散っていく。

兵舎の屋根に葺かれた枯れ葉に、次々と炎が飛び火していく。瞬くうちに城の一角全体に延焼した。

もはや仕合いどころではない。堀や井戸に駆け寄って桶で水を汲んで運ぶ者、火のついた兵舎に飛び込んで、大切な物を運び出そうとする者などで城内がごった返した。

その混乱を突いて信十郎は牢屋へ走った。皆が大慌てで走り回っているので、信十郎を咎める者などどこにもいない。

鬼蜘蛛が走り寄ってきた。

「今度も臭水《くそうず》が役に立ったで」

越後から産する燃える水を使って放火したのだ。鬼蜘蛛に放火させるために信十郎は、わざと人目を引くようにして、腕試しなどを行なったのだった。

牢屋の前には見張りが二人立っていたが、彼らも火事に気を取られていた。信十郎と鬼蜘蛛は音もなく背後に回り込むと、一撃で二人を失神させた。

「鍵はあるか」

「こいつが持っとったで」

鬼蜘蛛は見張りの腹部から鍵の束を取って信十郎に渡した。信十郎は牢屋の扉を解錠した。

「みんな、助けに来たぞ！」

牢屋の建物に飛び込む。格子の向こうで菊池の者たちが歓声をあげた。

「菊池彦様じゃ！」

「菊池彦様が助けに来てくださった！」

信十郎は牢の扉を端から順に開けていく。

「みんな、表に出ろ！　なんでもいい、武器となる物を手に入れるんだ！」

菊池ノ里の者たちが、信十郎を伏し仰ぎながら、牢の外に走り出ていった。

最後の扉を開けると、見知った顔が飛び出してきた。

「菊池彦様！」

「百舌助か、無事だったか。この城の本丸に浜田弥兵衛殿がおられる。浜田殿を救い出して船に戻るぞ」

「承知しました」

百舌助が走りだし、これで全員助け出したか、と思っていたらもう一人、牢の中に人影があるのに気づいた。

「大津彦殿……」

大津彦が、さも口惜しげな顔つきで、ノッソリと牢から這い出してきた。

信十郎は、自分がこれまで生きてきて目にしてきた中で、一番口惜しげな顔つきだな、と思った。

大津彦は礼も言わないし、なんの挨拶もない。ただ口惜しげにしている。信十郎は
（困ったお人だ）と苦笑した。なんだかすこしばかり、面白い人だとも感じた。

どんな言葉をかけても大津彦を憤慨させるとわかっていたので、何も言わずに牢屋から走り出た。鬼蜘蛛が血相を変えてやってきた。

「アイツら、勝手におっぱじめおった！」

菊池ノ里の者たちが紅毛人の兵に次々と躍りかかり、武器を奪っていく。消火作業に夢中だった兵士たちは背後からの奇襲に抵抗もできずに倒されていった。

「信十郎が、なんでもいいから武器を手に入れろ、なんて言うからやで」

「むむ……、一言もないな」

騒ぎに気づいたオランダ兵たちが槍を片手に駆けつけてきた。中には日本の浪人たちの姿もあった。

信十郎はオランダ兵を迎え撃つべく走った。

「なるべく殺さぬようにせよ！」

走りながら菊池衆に下知する。日本人は殺したくないし、オランダ人を殺し過ぎて

も、日本とオランダの戦争になる。

オランダ兵が怒りで顔面を紅潮させながら突進してきた。信十郎は腰に差した金剛盛高を抜き放った。突き出された槍の柄をスッパリと斬る。

「オオッ？」

オランダ人が手元で切断された柄を見つめて仰天している。そこへ鬼蜘蛛が飛び掛かって蹴り倒した。

周囲でも菊池衆が獅子奮迅の大暴れだ。

敵地の中で円陣を組んだ菊池衆に、四方八方からオランダ兵が突進してくる。菊池衆は互いに援護しながら迎え撃って、オランダ兵を追い散らした。

「城の外へ逃げるんだ！」

「末次船へ向かえ！」

などと言い合って再度円陣を組み直す。真っ黒な一塊となって城門へと急いだ。

鬼蜘蛛が信十郎に走り寄ってきた。

「どうやってあの城門を破るんや。それに、船長の浜田はどないする」

「我らの手で救い出すしかあるまい」

「そんな無茶な」

などと言っているうちに、本丸の門の前に出た。

「本丸から矢や鉄砲で撃ってくるかもしれんで！」

鬼蜘蛛が鉄砲狭間《はざま》を見上げて叫んだ。本丸にはタイオワン行政長官を護る兵が配置されているはずだ。飛び道具で上から狙い撃たれたらたまらない。

ところが、

「なんや、なんの物音もせぇへん」

本丸は不気味に静まり返っている。

「今だ、走り抜けろ！」

菊池衆の誰かが叫んで、若い者たちを先導しようとした。そのとき、本丸の門が重々しい音を響かせながら開かれた。

菊池衆は皆、ギョッとして身構えた。

本丸から何が出てくるのか。オランダ兵の大軍か。それとも新型の大筒か、と固唾をのんで見つめる中、二人の男がもつれ合いながら出てきた。

信十郎はびっくりした。

「浜田殿……！」

小柄な浜田弥兵衛が大柄な紅毛人にしがみつき、その咽首に抜き身の短剣を突きつけている。大柄な紅毛人が悔しげな顔つきで引きずられてきた。

浜田と紅毛人を遠巻きにして、オランダの兵たちが見守っている。

「誰やねん、あの紅毛人」

鬼蜘蛛が首を傾げた。

「おそらくは、湊奉行のヌイツ殿であろう」

装束がひときわ立派だ。浜田弥兵衛に人質に取られてオランダ兵たちが手出しをできずにいるからには、ヌイツだとしか思えない。

浜田弥兵衛が信十郎に目を向けて叫んだ。

「一刻も早く、わしの船へ！」

状況を呑み込んだ菊池衆が浜田とヌイツを取り囲んで円陣を組んだ。これでヌイツは逃げ出すことができなくなった。

浜田とヌイツを中心にした円陣は、ジリジリと城外へ通じる門へと向かった。オランダ兵は遠巻きにするだけで手出しができない。

ついに城門に達した。浜田がオランダ語でヌイツに何事か命じると、ヌイツは憤懣やるかたないという顔つきで、オランダ人の門番に開門を命じた。

門番が門扉を開ける。菊池衆は陣形を保ったまま城を出て、坂を下り、湊を横ぎり、末次船が繋留された桟橋へと下りた。

ついにタイオワン行政長官ピーテル・ヌイツは、末次船に引き込まれて人質にされてしまったのだ。

五

末次船の甲板に、足音も騒々しく、一人の壮士が乗り込んできた。

「なんということを、しでかしてくれたと！」

さすがの鄭芝龍が呆れ顔になって信十郎に叫んだ。

「二の句が継げないとはこのことばい！」

騒ぎを聞きつけて末次船に乗り込んできたのだ。日本人でもオランダ人でもない、独立勢力、一官党の幹部であることを主張して、交渉役を自ら買って出たようだ。

信十郎の身が心配だったからではないだろう。大の喧嘩好きなのだ。驚天動地の大騒動を目の前にして、じっとしていられなくなったのに違いあるまい。

信十郎としては、「騒ぎは起こすな」と釘を刺されていただけに、合わせる顔もない心地だ。

しかし鄭芝龍は、なにやら妙に嬉しげな顔つきで信十郎に訊ねた。

「それで、これからどげんするつもりじゃ。城の大砲はこの船に狙いば定めとる。桟橋にもオランダの兵がいっぱいいたい」

「むう。この湊から無事に抜け出すことは難しいだろうな」

「副長官は、ヌイツの身ば、無事に戻すなら日本に返してやる、と言うちょる。ばってん、信用はできなか」

ゼーランジャ城の守備隊に大恥をかかせたのだ。オランダ本国への聞こえもあるだろう。ヌイツさえ無事に取り戻したら、日本人を殲滅せずにはおかないはずだ。

「では、どうする」

「どうするとは、こっちの物言いばい！　どうするかの考えもなしにこんな騒動を起こしおったとか！」

怒鳴りつけながらも顔つきは爽快そうに笑っている。

「ま、ここはオイに任せておけ。オランダ人にとっても一官党は大事な商売相手たい。オイが間に入って、話をつけてきてやるとよ」

「すまぬな」

「なぁに、末次爺に貸しを作れると思えば安いもんたい」

鄭芝龍は跳ね橋を下ろさせて、湊へ戻って行った。

鄭芝龍の仲立ちで交渉がまとまった。

一つ、末次船はオランダ側に人質を差し出すこと。

一つ、長崎に着いたら人質を交換し、オランダ船を帰港させること。

これらの条件をのんで、末次船はタイオワンを出港した。

オランダ側に人質として差し出されたのは浜田弥兵衛と大津彦であった。

大津彦は「なぜだ！　なにゆえわしが！　嫌じゃ嫌じゃ」と、駄々っ子のように喚いて抵抗したが、オランダ側が指名してきたのだから仕方がない。

「牢の中でさんざん威張っていたからさ」

百舌助がせせら笑いながら言った。

「事あるごとに『わしは身分が違う、わしだけ待遇をよくしろ』などと言ってたんだ。だからオランダ人は大津彦のことを、浪人衆の大将だと勘違いしたのさ」

信十郎は苦笑した。その光景が目に浮かぶようだ。

「大津彦殿は長老だからな。たしかに偉い。ならば人質になるのもいたしかたあるまいよ」

「長老なら長老らしくしてくれないと困るよ」

百舌助や菊池の男たちも、今回の一件で大津彦にはほとほと愛想が尽きた——という顔をしている。一方、危険を省みず助けに来てくれた菊池彦への尊崇の念は深まる一方だ。「男衆が里に帰ってこの一件を語ってくれたら、信十郎の八分も完全に解けるやろ」とは、鬼蜘蛛の弁であった。

末次船は大海原の荒波を乗り越えて、一路長崎へと向かう。彼方にオランダ船が伴走している。なかなかに勇壮な光景ではあった。


ところが。

長崎代官、末次平蔵は、ヌイツが長崎に着くやいなや、その身柄を拘束し、牢屋敷へと送ってしまった。重大な約束違反であるが、ここは長崎、平戸藩の軍兵が駐留している日本人の湊だ。オランダ人は執拗に抗議したのだが、結局手も足も出なかった。

ヌイツと末次家の衝突は、すぐさま江戸に早馬で知らされた。

長崎奉行所がヌイツとオランダ船を拘束した理由の一つは、この一件は長崎奉行所の一存では処理できないと思ったからだ。長崎は幕府の直轄領。ヌイツに奪われた荷は家光から島民へ下賜された物。どうでも幕府の指示を仰がなければならないのである。

知らせを受けた幕府は色めき立った。朱印船貿易を差配しているのは井上正就だ。この件をどう裁くべきなのか、参考となる情報を握っているのも井上正就で、断を下すのも井上正就なのである。

西ノ丸の井上の許には、本丸年寄の筆頭、土井利勝までもが自ら足を運んできたほどであった。

井上正就は、内心、（これこそ好機）と考えていた。ヌイツとオランダは幕府の体面に泥を塗った。開戦の口実としては十分である。

井上正就は西ノ丸の用部屋（執務室）で、末次平蔵からの書状を眺めながら、何度も大きく頷いた。

（駿河大納言様に浪人衆をつけて送り出すなら、この時をおいてほかにない）

何事につけて慎重派の大御所秀忠もオランダの無礼は捨て置けないと考えているはずだ。将軍家光も火がついたように騒ぎ立てるに違いない。

（大納言様は元よりその気になっておられる）

大納言忠長との密会は数度に及んだ。忠長は南蛮諸国に並々ならぬ興味を示し、喜んで南蛮派兵の主将となることを請け合っていた。

（上様にとっても、本丸の年寄どもにとっても、大納言様は目の上のたんこぶ。大納言様を海の向こうに追いやり、さらには巷に溢れる浪人やキリシタンどもを片づけ、而《しこう》して日本国の領土を広げてくれるのだ！）

日本国の交易範囲はますます拡大し、井上正就の懐にはますますの大金が転がり込んでくる。東アジア世界一の富豪となるのも夢ではない。

井上正就は莞爾《かんじ》と頷いた。北ノ丸の忠長の許へ向かおうとして腰を上げた。

そのとき。

「井上様」

出端《でばな》を挫くようにして、一人の男がやってきて、畳廊下で平伏した。

その男には見覚えがあった。

「刑部《ぎょうぶ》殿か」

豊嶋《としま》刑部は幕府の目付で、旗本の行跡を監視する役に就いている。目付という役目の者は、戦国時代には謀叛や内通の探索にも当たっていた。なかなかに怖い相手ではある。

しかし井上正就は大名で、目付のごとき下級官吏に探りを入れられる覚えはない。

「何事か出来《しゅったい》いたしたのかな」

座り直して訊ねると、豊嶋刑部は面を伏せた。

「いささか、他聞をはばかる話を聞きつけてまいりました」

そう言上する刑部の顔色が悪い。額には冷や汗まで滲ませている。

「……よほどに悪い話か」

「ハッ」

「近ぅ寄れ」

たまたま廊下を通り掛かった者などに聞かれてはなるまいと考えて、井上正就は刑部を用部屋に招き入れた。刑部は腰を屈めながら摺り足で寄ってきた。

刑部は、井上正就から一間ほどの距離に座り直して、改めて平伏した。

「して、何事じゃ」

井上正就は自身も声をひそめて、片方の耳を差し出すような姿勢をとった。豊嶋刑部は、「実は……」と、声をひそめて語りはじめた。

と思ったその瞬間、刑部の太い腕が伸びてきて、井上正就の襟首をムンズと摑んだ。

「何をする！」

驚いた井上正就が豊嶋刑部に目を向けたそのとき、刑部のもう一方の手が腰の脇差しを抜いた。鋼色の刃が井上の腹に突き刺さった。

井上正就は凄まじい衝撃を腹部に感じた。豊嶋刑部は脇差しを横に滑らせて、井上の腹を深々と切り裂いていく。真っ赤な血潮が用部屋の青畳に、ぶちまけるようにして広がった。

真っ赤に染まった豊嶋刑部が立っている。その足元には、既にこと切れた井上正就が転がっていた。

異様な光景に気づいた御城坊主が、腰を抜かして悲鳴をあげた。

「御刃傷《にんじょう》！　御刃傷にございまするッ！」

江戸城西ノ丸は、上下を逆さまにしたような喧騒に包まれた。

時代小説

二見時代小説文庫

疾風怒濤《しっぷうどとう》　天下御免《てんかごめん》の信十郎《しんじゅうろう》8

著者　幡《ばん》 大介《だいすけ》

発行所　株式会社　二見書房
東京都千代田区三崎町二-一八-一一
電話　〇三-三五一五-二三一一［営業］
　　　〇三-三五一五-二三一三［編集］
振替　〇〇一七〇-四-二六三九

印刷　株式会社　堀内印刷所
製本　ナショナル製本協同組合

落丁・乱丁本はお取り替えいたします。
定価は、カバーに表示してあります。

ISBN978－4－576－12023－2
http://www.futami.co.jp/

二見時代小説文庫

快刀乱麻 天下御免の信十郎1

幡大介［著］

二代将軍秀忠の世、秀吉の遺児にして加藤清正の猶子、波芝信十郎の必殺剣が擾乱の策謀を断つ！雄大な構想、痛快無比！火の国から凄い男が江戸にやってきた！

獅子奮迅 天下御免の信十郎2

幡大介［著］

将軍秀忠の「御免状」を懐に、秀吉の遺児・信十郎は、越前宰相忠直が布陣する関ヶ原に向かった。雄大で痛快な展開に早くも話題沸騰！大型新人の第2弾！

刀光剣影 天下御免の信十郎3

幡大介［著］

玄界灘、御座船上の激闘。山形五十七万石崩壊を企む伊達忍軍との壮絶な戦い。名門出の素浪人剣士・波芝信十郎が天下大乱の策謀を阻む痛快無比の第3弾！

豪刀一閃 天下御免の信十郎4

幡大介［著］

三代将軍宣下のため上洛の途についた将軍父子の命を狙う策謀。信十郎は柳生十兵衛らとともに御所忍び八部衆の度重なる襲撃に、豪剣を以って立ち向かう！

神算鬼謀 天下御免の信十郎5

幡大介［著］

肥後で何かが起こっている。秀吉の遺児にして加藤清正の養子・波芝信十郎らは帰郷。驚天動地の大事件を企むイスパニアの宣教師に挑む！痛快無比の第5弾！

斬刃乱舞 天下御免の信十郎6

幡大介［著］

将軍の弟・忠長に与えられた徳川の〝聖地〟駿河を巡り、尾張、紀伊、将軍の乳母、天下の謀僧・南光坊天海ら徳川家の暗闘が始まった！血わき肉躍る第6弾！

空城騒然 天下御免の信十郎7

幡大介［著］

将軍上洛中の江戸城。将軍の弟・忠長抹殺を策す徳川家内の暗闘が激化。大御台お江与を助けるべく信十郎の妻にして服部半蔵三代目のキリが暗殺者に立ち向かう！